U0113680

萧红与萧军

黄金时代

郭敏利/著

中国文史出版社

图书在版编目（ＣＩＰ）数据

萧红与萧军：黄金时代 / 郭敏利著.-- 北京：中
国文史出版社, 2019.12

ISBN 978-7-5205-1768-3

Ⅰ．①萧… Ⅱ．①郭… Ⅲ．①传记文学－中国－当代

Ⅳ．①I25

中国版本图书馆 CIP 数据核字(2019)第 269964 号

责任编辑：金　硕

出版发行	中国文史出版社	
社　　址	北京市海淀区西八里庄路 69 号院 邮编 :100142	
电　　话	010–81136606 81136602 81136603 81136605(发行部)	
传　　真	010–81136655	
印　　装	北京温林源印刷有限公司	
经　　销	全国新华书店	
开　　本	650×940　1/16	
印　　张	15.75	
字　　数	222 千字	
版　　次	2020 年 2 月北京第 1 版	
印　　次	2022 年 5 月第 3 次印刷	
定　　价	48.00 元	

前　言

　　"见了他，她变得很低很低，低到尘埃里。但她心里是欢喜的，从尘埃里开出花来。"这是张爱玲的爱情，浓烈却卑微；"如果我的心是一朵莲花，正中擎出一枝点亮的腊，荧荧虽则单是那一剪光，我也要它骄傲的捧出辉煌。"这是林徽因的爱情，明媚又自信；"我就像他划过的一根火柴，转眼就成了灰烬，然后他当着我的面划另一根火柴。"这是萧红的爱情，沉痛且绝望。

　　每一个女人的心中都有一个英雄式的白马王子，萧红应该是以《大话西游》中紫霞的心态遇到了她的三郎，虽然他并非乘着云彩而来，但对于被困在东兴顺旅馆阴暗潮湿的储藏间几个月绝望而无助的怀孕少女而言，就如久旱的太湖遇到了梅雨，她的三郎宛若神祇，从天而降，拯救她于水深火热之中。

　　于是，她在痛苦中勇敢地追寻着爱的足迹。她知道她的三郎并不是一个专情的人，却又热烈地爱着；她的内心矛盾又犹豫，却最终如赌徒般孤注一掷地抓着这仅剩的救命稻草。

林徽因遭遇多情的徐志摩，果敢地放手，不是不爱，而是爱得理智；张爱玲窥透了胡兰成的风流，决绝地转身，不是不爱，而是爱得潇洒；唯有萧红，在爱的漩涡中，浮浮沉沉，且爱且痛，于万千红尘之中，想携手一人共白首，然而三段姻缘，无一不令她绝望，最终只能青山红颜，埋骨他乡。

是怎样的遇见，在彼此心中掀起了惊涛骇浪的波澜？是怎样的相守，让两个东北青年在异国凄冷的土地上拥抱取暖？是怎样的磨砺，粉碎了两颗炽热的灵魂，一对兼葭情深的爱侣？

31岁风华正茂、才情卓绝的萧红，在香港四处漂泊、零乱孤苦的最后时光里，一定是无数次回想过自己这饱满却凄苦、压抑又张扬的短暂一生。

呼兰河畔笑语嫣然的萧红，那个在祖父膝下承欢的小姑娘，着一身阴丹士林布蓝上衣，黑裙子白袜欢快地走进呼兰县县立高小校门的那天，她明亮的眼睛里闪烁着一个全新的世界，与祖父的后花园，与呼兰河的青山绿水截然不同的一个世界。

她摸索的脚步踩在一个新时代的滑轮上，滑进了一个与传统和世俗礼教相悖的世界里。不知道收获了反叛和自由的萧红，多年之后，在东兴顺旅馆，被未婚夫汪恩甲抛弃时，是否有过一丝后悔；与萧军患难与共、相守六年却依然"陇头流水各西东"时，是否怅然犹疑；困居香港，贫病交加又逢国难奔逃却遭丈夫遗弃时，是否会愤而自省，而此时，14岁的萧红一定是坚定的。

她参加学生游行、参演新戏、喜爱绘画，追求自由、热爱生活，她的前路本因和现代诸多新女性一样，读大学、学新知，结识一位门当户对、同样接受过新式教育的青年，一起步入婚姻，白首一生，不一定鹣鲽情深，也能相濡以沫，或者相敬如宾，绝不至于31岁时生命戛然而止，留万千不甘于人世。

然而，这一切的不幸来源于思想保守的家族，来源于虽然接受新知却依然不能摆脱男尊女卑观念的父亲，当然，也与萧红内心渴望自由、行为果敢却又犹疑不决的矛盾心理有着密切的关系。

读萧红的作品，了解萧红的一生，不少读者大概会得出一个结论：萧红一生的悲剧是她自己造成的。她既然敢于和家庭决裂，敢于反抗媒妁之言的婚姻，为什么又投入汪恩甲的怀抱，甚至还落得身怀六甲被弃旅馆、差点被卖妓院的遭际。她既然与萧军一起生活六年，能够忍受他的风流和毒打，却为什么在好不容易孕育爱情结晶，萧军也放低姿态、苦苦挽留之时，决然与端木蕻良仓促成婚。她既然不顾朋友的反对、端木家族的不认可，也要与端木成婚，却为何婚后不能放弃过往、勇敢前行，而是戚戚怨怨、怅然若失。

鲁迅先生的小说《伤逝》大概便是萧红缘何反抗旧式婚姻却最终又落入旧式婚姻枷锁的有力解说。她逃离家族便意味着丧失了生存能力，她需要一个依附，让自己在冰冷而凶残的人群中蜷缩着活下来。她能想到的第一个依靠便是见过几面的汪恩甲，那是怎样的无奈，让一个女人去向被自己抗婚的男人求救，甚至奉献自己。遇见萧军大概也有类似缘由吧！在东兴顺旅馆，她有多么绝望，在看见萧军这根救命稻草时就有多么疯狂！

没有深入的了解，彼此互不相知，仅凭着一两首小诗的感动，凭着互诉衷肠的热情，两个陌生的男女竟然就这样生活在了一起。

但不得不说，与萧军生活的六年，萧红获得了真正的爱情。

即使在欧罗巴旅馆小阁楼里，仰望着宁静而漆黑的夜空，冷到瑟瑟发抖，蜷成一团，等待萧军带回"黑列巴"和盐勉强果腹，萧红也是欣慰的吧！她在想象着对门房间诱人的列巴圈和牛奶的浓香时，一定也在想象着三郎家教后披星戴月为自己带回食物的温馨。

商市街见证了萧红最甜蜜而温馨的时光。他们围坐在炉边，三郎将沾了盐巴的面包，送到她嘴边，满足地看着她吃下一口，然后放到自己嘴边吃下，彼此会意的刹那，像极了电影里罗曼蒂克的桥段。

也是在商市街，萧红开始了自己的文学创作生涯。她是一个天赋极高的作家，且又非常努力，在病体缠身时，还能够伏案而作，完成自己的巅峰之作《呼兰河传》，何况在商市街，她有情投意合的爱人，又相识了

"牵牛坊"志趣相投的朋友，以悄吟的笔名还发表了不少的作品。

萧军也是如鱼得水，中篇小说屡见报端，与朋友一起创办报刊，宣传进步思想，为反抗日本侵略秘密奔走。

在哈尔滨，能够记录萧红和萧军最美的文字，当属《跋涉》。现代文学史上，夫妇合著的作品本就不多，而这部合集还是两人困顿名微时，靠一己之力，亲力亲为印刷出版的作品，更是难能可贵。

可惜，它就像萧红与萧军的爱情一样，最终如烟花绚烂，一闪而逝。

青岛，是萧红、萧军人生中最重要的转折点。萧红的《生死场》，萧军的《八月的乡村》在青岛观象山的小石屋中落成，也带着他们二人从东北那个狭小的文学圈走向了文坛。萧军曾回忆"每于夜阑人静，时相研讨，时有所争，亦时有所励也"。那是一段志趣相投，亦妻亦友的时光，虽然短暂，然终能被刻骨铭记的日子。

还有那封改变二萧命运的信——一封写给鲁迅先生的信，让二人从此以鲁迅先生嫡传弟子的身份在文坛显身，奠定了二人的地位，也同时埋下了他们决裂的种子。

对萧红来说，不知是幸运，还是不幸。

那个在东北呼兰被家族除名的女子，一身华彩闯入上海，从此，在中国绚烂瑰丽的文学世界占据一席之地，令寂寂无名的呼兰也从此映入世人的眼帘。

呼兰张家不知是何心境，那个令家族蒙羞，最不被看重的小女子，却成了令张家门楣显赫之人。

上海，是开始，却也是结束。

它将萧红送上了云端，拔得了头筹，无形之中却也将它与萧军之间的爱毁灭成了断壁残垣。

她一生追求爱情，不惜与家庭决裂，苦苦寻觅，幸运遇到了她的三郎，她唤他"小狗熊"，他唤她"小海豹"，亲昵时浓情蜜意，说不完的甜言蜜语。

贫穷时，他出外谋生糊口，她在家料理一日三餐柴米油盐；困顿时，他恐吓医生，为救她性命，舍身忘死；忙碌时，他们一盏油灯，灯下红袖添香，促膝长谈，一片深情脉脉。

人常叹共富贵易，同患难难，夫妻本是同林鸟，大难来时各自飞。

萧红与萧军却恰好相反，患难与共的爱情，却经不起灯红酒绿的浮华，最终两个你中有我、我中有你的人，却各走天涯，另觅伴侣。

遇见端木，是萧红的劫，与萧军不同，端木可以同富贵，却难以共患难。她功成名就之际恰逢端木，本也可以细水长流，却遭逢时局辗转，国破家亡，落魄见真性，端木的懦弱自私与萧军的患难不弃，两相比较，更让萧红悔恨交加。

萧红无疑是深爱萧军的，她的爱细腻而敏感，犹疑而懦弱，在粗犷、爽直、暴躁又多情的萧军面前，如棉花与粗石，爱的卑微必将失去自我，想要自我，必将失去爱情。

"从异乡又奔向异乡，这愿望多么渺茫，而况送着我的是海上的波浪，迎接着我的是异乡的风霜。"这是萧红《沙粒》中的一句诗，也是她一生追求自由、渴望爱情的心声。

于万千人群中遇见那个知你、懂你、信你、爱你、护你、白首不相离的人本就不易，如钱钟书遇见杨绛，赵元任遇见杨步伟，是雨后一道绚丽的彩虹，可期而不可遇。

目录

【有情花落无情居】

【逢郎欲语低头笑】

萧

c

o

红

n

t

与

e

萧

n

t

军

有情花落无情居

萧红与萧军

才女成长呼兰乡

她满腹才情，温婉俏丽，却几多悲苦，半世心酸；她红尘情深，任行任性，却流落天涯，孤苦而去；她三十一年的一生极其短暂，却精彩纷呈，绚烂夺目，在中国近代文学史上绘下了浓墨重彩的一笔，她就是张廼莹，后世人眼中"30年代的洛神"——萧红。

故去后的萧红身上有太多的光环，人们将目光更多地投注在这个出生在东北之乡的女作家身上，一方面是她卓绝的才情打动了世人，另一方面，不得不说是她多情而凄苦的神秘命运，深深地吸引着后人走进她的故事，去探索她的传奇。

褪去才女的虚名，那个乳名荣华的女子，也不过是黑龙江省哈尔滨市呼兰河县一个地主家庭出生的普通女子。

1911年辛亥革命前夕，满清王朝的最后一个冬天，也显得格外的寒冷，正如萧红在自己的小说《呼兰河传》的开篇中描绘的那种"冻"，大地被冻裂了，手被冻裂了，连人也被冻在地上了，这是一种怎样的冷，没有去过东北的人，是很难想象这情景的。

刚刚经历了一场大鼠疫的东北，荒凉的大地上幸存下来的人们在仲夏时节，终于褪去对死亡的恐惧，慢慢归于平静。

对于哈尔滨呼兰河县这个贫瘠的小地方而言，这一年的端午，却是为后人所乐道的一个重要日子。一百年后，这片不为人知的土地，将因为一个平凡的女婴的出生而为后人所熟知，甚至他们的后人也引以为荣。

张家在当地属于家境殷实，颇有名望的家族，自打张维帧老人的儿子过世，过继的儿子张廷举转眼间也已二十三岁了。这一天，对张家来说是一个特别重要的日子，张廷举的妻子姜玉兰即将产子，若是男孩，便是长房长孙。一家人殷殷期待，谁也没有设想过一个女孩的出生，甚至包括厢房那个正忍受着分娩之痛的年轻女人。

期待越深，失望便更深。这大概是成年后的萧红的印象里，除了祖父之外，其他亲人都面目阴冷、淡漠无情的重要原因吧！她的父亲、母亲、祖母都太希望一个男孩的出生，给这个家族注入可以承继香火的力量了，而萧红的出生恰恰粉碎了他们的这种期望。

爱之深则恨之切。萧红的童年便是在家族的这种"恨"所产生的后遗症中度过的。

我们读她的小说，无论是《生死场》，还是《呼兰河传》，对家乡和家的描写都缺少了温暖和温情的展现，更多的则是黑暗和荒凉，甚至让人感到毛骨悚然。她甚至发出这样的感慨："我想世间死了祖父，就再没有同情我的人了，世间死了祖父，剩下的尽是些凶残的人了。"可见，亲人的冷漠是萧红一生的阴影。

唯一令人感到欣慰的是萧红的祖父，这个年过花甲的老人，从短暂的失望中调节过来，粉嫩鲜活的小生命很快便俘获了他那颗苍老的心，他欣喜地接受了这个女孩，并将一腔的爱意都倾注到她的身上，这是萧红童年唯一温暖的光亮。

萧红与萧军这对患难爱人，能一见倾心，很大程度上是因为他们身上有太多的相同，相似的经历让他们的心贴得更紧。萧军七月大时丧母，父亲的冷酷无情，让他与祖父彼此相依，这一点与萧红的成长经历是何其相似。

可以想象，两个有着相似情感体验的青年，在哈尔滨道外正阳十六道街东兴顺旅馆里，谈起了童年，谈起了祖父，谈起了父亲，爱和恨让他们的心瞬间相契。

萧红的父亲并非一个传统的文人，也许是因为师范学校毕业，又多年从教的原因，他在萧红的印象里是严苛的，冷酷的，加之常年在外，偶尔回家，对萧红也是关注甚少。

萧红的母亲，是一个重男轻女的传统封建女人，眼见女儿的出生没有为自己在张家的地位带来改变，便投入到新一轮孕育香火的奋斗中去了，对萧红更是无暇顾及。

冬去春来，贫穷而荒凉的东北大地并没有因民国政府的成立而有太多的改变，反而是军阀的混战使这个本就落魄的小城雪上加霜。

转眼间，萧红五岁了。五岁之前，萧红的世界便是祖父的后花园，在那里，她与祖父一起种草种花，追蝴蝶，捉青蚂蚱，摘黄瓜，采倭瓜花。也许每一个孩子童年的回忆里都有那么一处可以让自己自由放飞的处所，正如鲁迅的"百草园"，而后花园便是萧红放飞自我的天地。

作为才女的萧红，有着细腻的情感，倔强的性格，这与她童年的成长有着密切的联系。不得不说，正是与祖父在后花园的这几年闲散放任的成长，让萧红有了一颗不羁的心。走出这个令人窒息的、荒凉的、冷漠的家，不仅仅是在她逃离父亲为她包办的婚姻时才产生的举动，这一想法，在五岁的萧红心里就已经开始萌生了。

五岁那年，萧红第一次接触了生死。

面对生死，萧红有着异于常人的冷硬，这从她的祖母、母亲的离世便可以管窥一斑，更不要说对自己的孩子，她的绝情似乎超越了常人衡量的底线。

祖母去世那一年，萧红尚且只有五岁，在她的意识里，祖母的离世或许是件特别好玩的事情。孤单的自己终于有了同龄的玩伴，有了比自己大三岁的兰哥哥，他们可以带领萧红去认识另一个全新的世界，而不再是祖父和他的后花园。

那也许是一个明朗的日子，一群黄发小儿嬉闹着走出了张家宅院，呼兰河的土地依然是阴冷而荒凉的，而这丝毫不影响他们的旅行。张家的大小姐，第一次离开自己狭窄的后花园，走向了呼兰河的新天地，知道除了张家宅后花园的蟋蟀、蜻蜓外，还有很多她想象不到的地方。于是，五岁的萧红心里便萌生了一种想法，她以后要离开这片土地，去到更远更广阔的世界去。

所以她说，祖母死了，"我竟聪明了"。

彼时的萧红，一定不会想到，若干年后，她不但离开了呼兰河这片故土，一个人走到了很多遥远的地方，甚至漂洋过海，去到了日本。她也一定不会想到，自己离开呼兰河这片又恨又爱的土地，便再也没有机会与之重逢，而是将自己三十一岁年轻的生命留在了遥远的浅水湾。

萧红第二次接触生死，是她的母亲姜玉兰病逝。

此时的萧红已经八岁了，她的名字叫张廼莹，这是儒雅的外祖父为她所取之名。

萧红很少直接提到母亲和自己之间的拳拳之情，但从她小说中关于母亲形象的塑造，大概也可以猜测出。她笔下的母亲，《生死场》中的麻面婆、金枝母亲，《呼兰河传》中的团圆媳妇的婆婆，都是丑陋而狰狞的。我们可以说她是向传统的封建思想宣战，以冷酷而深邃的笔调为我们塑造了一批被奴役的苦难的妇女形象，我们也可以说她是以丑化母亲形象的方式来唤起世人对保守辛酸的底层妇女的关注，但一个真正享受了母爱温暖的孩子，即使她只有八岁，她的回忆里应该也有母亲的温婉和善良，而不全是萧红笔下的冷酷。

可以说，萧红是缺失母爱的。萧红的母亲在其童年的回忆里没有留下一个母亲应该留下的温暖。因而，八岁时，母亲的病逝，对她的内心也没有多大震动。她可能只是站在匆忙的人群外，冷冷地注视着那个躺在木板床上一动不动的女人，感叹一个作为生育工具的女人的不幸。或者，她听凭父亲的安排，顶着一身白衣，默默地跪在灵堂前想她的心事。

很多人读萧红，最无法理解的便是她对待孩子的态度，作为一个母亲，她太残忍了，人们没有办法想象一个有着惊世才情的女子，怎会有着那样可怕的面目。她可以为自己所爱之人吃苦受累，可以为自己心中的爱情离经叛道，如此勇敢而坚决的猛士，怎么没有承担起做母亲的责任。

我想萧红鄙夷自己的母亲，却也在步她的后尘。

母亲的病逝，在情感上对萧红没有造成太大的伤害，却在生活上间接地影响了她。

1919年8月姜玉兰病故，短短三个月后，父亲张廷举便续娶了梁亚兰。

梁亚兰嫁到张家时，只是一个二十出头的小姑娘，根本不懂得如何做一个八岁孩子的母亲。她和萧红之间的关系，便只能是冷而待之，好在萧红对她也没有太大的期待，她们也可以像陌生人那般以礼相待。只是，继母偶尔也会将自己对萧红的不满诉诸张廷举，萧红便会得到父亲的一顿责骂，有时甚至会招致一顿毒打，可以想象萧红对继母，只会愈加地厌恨。好在她们相处的时日不多，很快萧红便要入小学了。

对萧红童年影响最大的两个人，一个是她可亲可敬的祖父，他让萧红自由自在地成长在一个封建地主家庭的后花园，而褪去了传统礼教对一个大家闺秀的束缚，这才有了成年后那个有灵性、有胆气、有热情的萧红。另一个是她视如仇敌的父亲，是他让萧红对父爱的期盼变成一把又硬又冷的利剑，这把剑终其一生，都横亘在父女之间。萧红走投无路时，可以投靠她瞧不起的汪恩甲，可以向陌生的《国际协报》求救，却从来没有想过向父亲认错。这在一般人看来是很难理解的，除非父母真的十恶不赦，否则，他们一定是自己落魄时最毋庸置疑的依靠。由此可见，萧红对父亲已经彻底绝望。

祖父在萧红的成长中播下了向日葵般的爱的温暖，而父亲则在她心中埋下了恨的种子，因而，她这一生，爱，便爱得轰轰烈烈，恨也恨得果断决绝。

才华蕴藉笑语频

呼兰河的水静静地流淌，冬去了春来，花落了又开。

1920年，这一年的春节来得特别晚，刚入张家不久的新妇还没有来得及适应新的环境，便要投入到操持一大家生活的忙碌中去。

张廷举在外任职，偶尔才能回家一趟。老迈的公公，除了与孙女萧红、孙子富贵玩闹外，便是沉溺于大烟，浑浑噩噩。九岁的萧红顽皮任性，不能分担家务，还常常惹是生非。

这一年，对萧红来说却是幸运的。

1919年"五四"新文化运动之风也吹进了这个松花江畔的北国边陲小县，懵懂的当局也意识到，他们应该在教育体制上有一些改变，于是，设在呼兰河县的两所小学宣布设立女生部，开始招收女学生。

这一年的秋天，九岁的萧红恋恋不舍地离开与祖父一起快乐玩耍的后花园，离开祖父炕头的《千家诗》，怀着她六岁那年出门寻找新皮球一般的新奇，踏上了一段新的征程。

初入龙王庙小学的萧红，用上了自己的学名——张廼莹，这是外祖父因其本名秀环与二姨姜玉环相冲，避讳所起之名。"莹"取自《论语》

"如玉之莹"。不论是祖父所起的"环"字,还是外祖父所改的"莹"字,都包含着两位老人对这位小孙女的期盼,做一个玉一般纯洁剔透的女子。

张廼莹,这个与张家族谱中"秀"字辈子孙格格不入的名字,最终在1935年张氏家族重修族谱时,被清除得了无痕迹,仿若这个轻灵的女子如青烟一般消散在沉寂的东北之乡。

也许是后花园里的花花草草唤起了她的灵性,也许是受祖父的启蒙教育熏陶,更多的可能是因为她的勤奋、刻苦,入学后的萧红在读书方面一直名列前茅。

1924年,萧红初小毕业,在北关初高两级小学读完一年后,于1925年顺利进入呼兰河县立第一初高两级小学校就读,这得益于在该校任校长的父亲。

张廷举对萧红比较淡漠,可能是常年在外,无暇顾及,也可能是性格使然,不是说他完全不关心萧红的成长,从他将萧红从北关初高两级小学调入县立第一小,便可看出他对萧红的教育非常重视。

在父亲的教育理念里,有传统封建观念的渗透,也有新式教育的影响,他旨在将萧红培养成一个具有传统大家闺秀之风的现代知识女性。期望不可谓不高。若是萧红沿着父亲为她铺设的成长之路发展,确也可能一生衣食无忧,安享萧红。然而,世间之事常常难以两者兼备。懂得了现代知识的萧红,便也明白了自由、平等和爱,再也无法兼顾父亲心中那个三从四德的大家闺秀了。

穿着阴丹士林布的蓝上衣、黑布裙子、白袜子、黑布鞋的萧红,便以这样朴素的打扮进入了县立高小二年级的教室。

14岁的萧红,在看似温和、文雅的外表下,有着对未知世界的诸多渴望,她通过借阅大量的书籍,去探索那个陌生的领域,并慢慢地构建自己的人生观。她开始怀疑之前自己所认知的那个社会,为什么新娘遭到婆家的羞辱却不知道反抗,为什么自己的命运要别人来指手画脚。民主自由的思想之种,已经在她的心底扎根、发芽,待到茁壮成长的时候,便再也没有人能撼动半分，因而，才有了之后她与家族、与父亲的决裂。

这一年，远在辽宁小碾盘沟村的17岁满族小伙刘鸿霖被长春商埠小学开除，化名刘吟飞入巴尔虎兵营做了一名小小的骑兵。此时的他，已经成婚三年。

命运之盘已悄然展开。

就读县立第一高小期间的萧红，还有几件壮举，颇令家人为其以后的成长忧心。

第一件是参加游行活动。"五卅"惨案激起了全国范围的反帝爱国运动，远在东北的呼兰小城，也受其影响，尽管不谙世事的学生们还不太懂游行的意义，但胸中涌动的爱国热潮，民族大义，令他们义无反顾地上街头。萧红也是热血学生中的一员。

第二件是向呼兰当地有钱有势的"八大家"太太们募捐。这件令其他人望而生畏的事情，萧红自动请缨，和好友傅秀兰一起去向那些傲慢的阔太太们游说，终于募捐得一块大洋。

第三件是参演新戏。演新戏在那时候是一件时髦的事情，也是令人侧目的。萧红就在一出反对包办婚姻的话剧《傲霜枝》中扮演了一个敢于反抗的小姑娘。

凡此种种，令张廷举在萧红小学毕业将升入中学之际，做出了一个新的决定。这也逼迫萧红迈出了反抗家族的第一步。

眼见着往日的同窗一个个考入中学，去到更远的哈尔滨读书。她们的生活里有着偏僻的呼兰小城所没有的新鲜，这是萧红闻所未闻的。可以剪短发，打网球，还可以谈恋爱，这些概念在原本就渴望了解新事物的萧红心中，无疑是扔下了一枚炸弹。蜷缩在家中，与父母冷战的萧红，愈发的痛苦，连之前钦佩的大伯，因不支持她读中学也变得与父亲一样面目可憎了。

祖父眼见着萧红的落寞与寡欢，心疼不已，却也无能为力，他实在没有办法左右已颇有名望的继子的安排。

如果不让她去哈尔滨读书，她就去教堂做修女。这一石破天惊的宣言，令一向顾及家族和个人颜面的张廷举不得不妥协。她知道女儿的性格，倔强而任性，不达目的决不罢休。

萧红在后来的纪实散文《镀金的学说》一文中写详细描述下了她当时顽强抗争的心路历程。

1927年的秋天，获得胜利的萧红，怀着一丝难以言说的甜蜜，走进了哈尔滨"东省特别区第一女子中学的校门"。她倍加珍惜这辛苦斗争而来的求学机会。

东特女中的校长孔焕书是一位思想开明的女校长，这在20世纪初新旧思想交替的中国来说，是极其少见的。

她为学校延请了一批学有专长、思想前卫的饱学之士，对萧红的成长起到了不可或缺的促进作用。

毕业于上海美专的高仰山老师，常会带着她们去松花江畔写生。他专业的学识，认真的教学态度，以及对天赋较好的萧红的重点培养，都令萧红对绘画产生了浓郁的兴趣，并且她的画在学校的画展上也备受关注。

萧红最突出的便是国文，这得益于她大量的阅读，以及国文老师王阴芬的影响。王老师是鲁迅作品的崇拜者，常常在课堂上声情并茂地讲解鲁迅的杂文和小说，还为学生推荐了其他著名作家的白话文作品，以及一些外国名著。大量阅读鲁迅、冰心、郁达夫等新派文学家及莎士比亚、陀思妥耶夫斯基等外国大家的作品，为萧红积累了丰富的文学素养。她在语言表达方面表现出了异于常人的细腻和超脱。

1930年夏，她在参加完学校组织的吉林之游后，第一次以"悄吟"的笔名在校刊上发表了她中学时代的处女作——组诗《吉林之游》。

中学时代的萧红是热与火的象征。她将青春的热情幻化为源源不绝的力量，她读书，她绘画，她写诗，她组织学生与校长对抗，她参加游行示威活动，她的优秀和大胆令当时的东特女中的校友印象深刻。她的中学时代已然成为一部传奇，只是那时的萧红，尽管已经明白了平等、自由和爱的真谛，明白了在哈尔滨之外，还有更辽阔，更火热的世界在等待着她，然而骨子里，她还是一个懵懂无知的少女。

1929年的夏天，萧红经历了人生中第一次最深的痛。祖母和母亲的离世时，萧红还只是一个孩子，不懂得死亡意味着什么。也可能祖母和母亲对她的疼爱在萧红看来，可有可无，她们的离世，也没有带给她太深切的体验。

祖父就不同了，她是萧红童年唯一的温暖。祖父溺爱式的陪伴，让她摒除一切的烦恼，无忧无虑地长成一个知书达理的少女。祖父充当着幼时的玩伴，启蒙的恩师等多重角色，是萧红生命中最重要的人。

读书后的萧红，有了更广阔的世界，与祖父渐行渐远。每一次回家，看到老人越来越衰弱的身体，无助的眼神，她痛在心底，却无以言说，她知道终有一日，祖父会离自己远去，再也没有人摸着她的头亲昵地傻笑。

6月7日，萧红得到噩耗，祖父走了。

她跌跌撞撞地跑回家时，看到的只有门前的白幡、白对联，院里的灵棚，还有闹闹嚷嚷的人群，听到的只有鼓手吹起喇叭的哀号。

祖父静静地躺在堂屋的板床上，一动不动，再也不会拿金色的橘子哄萧红去院里玩，不会陪萧红一起在后花园种玫瑰花了。

送走祖父的萧红，悲痛不已，她走进祖父的屋子，触摸着祖父房里的一桌一椅，拿起祖父常用的酒杯饮几口酒，在沉醉里想象祖父的音容，感受祖父的温暖。

这个没有祖父的家，在萧红的心中是阴冷的，于是她写出了心底最可怕的想法：世间死了祖父，剩下的尽是些凶残的人了。

这个家于她再也没有留恋之处，她必须离开家，到广大的人群中去，这些埋藏在心底的念头成了萧红以后逃离的精神支柱。

"所以我哭着，整个祖父死的时候我哭着。"她既是哭祖父的离世，更是哭祖父离世后，自己在张家的处境。

1930年的秋天，萧红终于结束了自己那绚烂斑斓的中学时代，等待她的是再一次的家族封锁。

而此时，远在沈阳讲武堂学习，化名刘蔚天的萧军，在即将毕业之际，又一次因为与人冲突被学习开除了。这之前，他曾以"酡颜三郎"的笔名发表了呼唤人们起来反抗的作品《懦……》。

　　不同的人生轨迹，相同的反抗精神，让这两颗热血之心，即使相隔千里，已然息息相通。

多情女子无情客

中学时代求学，是对萧红的一次思想启蒙运动。她彻底摆脱了家族诉求中做一个遵从传统礼教约束、严守三从四德的大家闺秀的想法。但这些想法，在1928年的时候，还只是一种萌芽，她不敢光明正大地拒绝父母的安排。

在她回家过年时，父亲托萧红的六叔张廷献为萧红保媒，订下了顾乡屯汪家的公子汪恩甲。

汪恩甲从吉林省立第三师范学校毕业后，在三育小学任教员。他的兄长汪大澄与张廷献是同班同学，过从甚密，在张廷献处见过沉静、文雅的萧红，双方家长商议之后，很快便订下了这门亲事。

对这门父母之命、媒妁之言的传统婚姻，萧红没有表示多大的反抗。

顾乡屯汪家的二公子萧红见过，倒是仪表堂堂、一表人才，且也是新式学堂毕业的，至少从当前来看，也算是不错的选择。至于感情，萧红还是希望通过进一步的接触和了解，慢慢去培养。

外人眼中郎才女貌、门当户对的金童玉女，初时也是郎情妾意，相处甚欢，不时鸿雁传书，织衣问情。汪恩甲也时常去哈尔滨看望萧红，在东特女中树木阴郁的校园，两人并肩而行，谈人生，谈理想，谈未来。

交谈中，萧红感受到这个接受新式教育的未婚夫身上，更多的是封建贵族子弟的纨绔与庸俗，这与她追求平等、自由的思想有着巨大的差异，两人共同的话题越来越少。

直至某一天，她惊愕地发现，她年轻的未婚夫竟然沾染上了和祖父一样抽大烟的恶习。这一发现令萧红再也无法接受这桩别人眼中令人艳羡的婚姻，她在心底已经暗暗下定决心，等到中学毕业便要解除这桩婚事。

促使萧红产生这一念头的还有一个原因，她在参加学生运动时，认识了一位与自己志趣相投的男生——陆哲舜。

陆哲舜是哈尔滨太平区一个地主家庭的公子，就读于哈尔滨特别区区立法政大学。萧红在交谈中得知，两人细论起来还算有亲戚关系，陆哲舜的母亲正出于福昌号屯张家的一支，两人瞬间因这空间的距离，感觉彼此间更近了一层，于是，在外人面前，他们便以表兄妹相称。

陆哲舜此时已有妻室，对这桩包办婚姻，他也是极度不满。在与萧红的相处中，他对这个热情洋溢、有思想、有胆识的表妹更是倾心不已，便萌生了与之一起到北平读书的想法，并很快从法政大学退学，于1930年4月进入北平的中国大学就读。

在陆哲舜的反复游说下，萧红终于鼓起勇气，向父亲提出准备去北平读书，并决定与汪家解除婚约的想法。这一爆炸性的想法立时便激起了巨大的波澜。张廷举大为震怒，责骂其"忤逆""不孝"，继母梁亚兰也坚决反对，并托人请来萧红的亲舅来管教她。愤怒的萧红拿起菜刀与大舅对抗，令其悻然离去。

与家人决绝的对抗使萧红在张家彻底地被孤立。祖父在世时，还能为萧红撑腰，祖父离世后，她便只能独自面对整个家族的指责和冷漠。也许只有年幼的弟弟，暗暗同情姐姐的遭遇，却也无能为力。

家，于萧红，成了一座压得她透不过气的大山。

张、汪两家忙着为萧红二人准备嫁、娶的一切事宜。他们甚至等不及萧红结束学业，要让两人早早地完婚，以免这个倔强的女孩又干出什么丢人现眼的事情。

此时，萧红心中无限痛苦，她渴望去北平读书，渴望摆脱那个无望的婚姻，她也不希望与家族彻底决裂，即使没有太深的爱，但那毕竟是自己的家，她不想失去亲人。但这两者之间却难以调和，让重视名誉的父亲退让似乎难比登天，让自己退让，从此失去幸福，生活在庸俗丈夫的管束下，更是难以接受。

从前那个温文尔雅、端庄得体的萧红变了，她开始躲在宿舍抽烟、喝酒，整日郁郁寡欢，憔悴不堪。

在心里想了无数次，斗争了无数次，最后，她像勇敢的拉娜一般，迈出了那坚决的一步。

那一日的呼兰河像往日一般的平静，心情沉重的萧红踩着青石小路，走进胡同，走入张家。她喜笑颜开地告诉父母，自己终于想通了，既然每个女子都要嫁人，迟嫁不如早嫁，她要把自己打扮得漂漂亮亮地嫁入汪家。

张廷举夫妇没有想到这不过是萧红的伪装，她假意投诚，不过是骗得一笔钱财，离家出走。

坐上去北平的火车，萧红心中悲喜交集。火车在呜咽的悲鸣中缓缓出发，窗外站台上稀稀落落的人群渐渐远去。这个一向坚强的女子，终于忍不住流下了眼泪，她知道这一别，再归来，便是另一种情景。

初到北平的萧红，对这个古老中洋溢着新风气的大都市充满了好奇。幽深的胡同，青砖青瓦的四合院，挑担的货郎，鳞次栉比的古建筑，都让这座城市的历史扑面而来。

陌生的北京街头，令这个十九岁的小姑娘兴奋又忧虑着。唯一能投靠的人便是在哈尔滨认识的表哥陆哲舜。此时的陆哲舜已经在中国大学扎稳了脚跟，对北平的街巷胡同也比较熟识了，他们很快便在西京畿道的一间公寓落脚。

之后，在陆哲舜的周旋下，萧红考入女师大附中就读，不久他们就搬到二龙坑西巷的一座小四合院里。萧红和陆哲舜分别住在里院的两间北房，院子里还有一颗大枣树，甜脆的枣子，平静安逸的生活，让她暂时忽略了故乡呼兰小城因自己出走而掀起的一场惊天波澜。

这座小院令萧红感到愉悦的还有一群志同道合的青年朋友不时地拜访。他们是心怀天下，沸腾着一腔热血的有志青年，在一起谈理想，谈生活，谈希望，令萧红压抑的情怀得到了释放，在小我与大义之间，她更多地感受到了时代的召唤。

萧红一生最看重的便是爱情与友情，在她看来两者不可或缺，也不能代替，这从她与好友李洁吾的谈话中便可窥一二。

她认为伙伴比友情可靠，伙伴有共同的方向，走的是同一条路，可以互相帮助，可以永不分离。

萧红所谓的伙伴指的应该是志同道合的朋友。她与萧军最终分道扬镳，恐怕这志不同、道不合也是一个很重要的因素。

萧红投奔陆哲舜大概是将他看作自己志同道合、颇为欣赏的好友，以后慢慢发展，也许可以成为伴侣也未可知。

而陆哲舜则将萧红背叛家族、不顾一切地投奔自己看作是情之所钟。同住一段时间后，他便有了一些非分之想。萧红是不能接受的，毕竟他们二人都有婚约在身。即使要走到一起，也要彼此身无挂碍，更何况此时她与陆哲舜还没有到情投意合的地步。

不同的认知，让最初相契的二人之间有了一些尴尬。而接下来的困难更令本不同心的两人最终各奔东西。

萧红出走的消息，很快在呼兰小城传开，一时满城流言蜚语、街谈巷议，此事甚至波及福昌号屯的整个张氏家族。家族子弟为之颜面无存，张廷举更是因为教子无方而被解除了教育厅秘书的职务。汪家更是恼羞成怒，执意要与张家解除婚约。

陆家最终在张家的逼迫下断绝了陆哲舜的经济来源，顿时，陆哲舜和萧红便陷入了艰难的生活困境。

北平的深秋，凉意袭人，而萧红还穿着夏天初来时的单衣。在瑟缩的寒冷中，她常因无法抵御寒气而病倒在床，最难熬的时候，是佣人耿妈用旧棉絮为她改制了一件棉袄。

他们靠典当艰难地度日，直到除了空空的床板、冰凉的桌椅之外，再也没有可以典当的东西。北平的冬天格外寒冷，没有棉袄、棉被御寒，在冰凉的没有炉火的房间里，萧红第一次感受到了饥饿与寒冷带来的痛。

平素过惯优裕生活的陆哲舜更是难以忍受这种困苦的日子，他开始埋怨萧红，烦躁和焦虑令他最终决定向家里妥协。

萧红冷冷地看着陆哲舜收拾自己的行装，那个曾经热情洋溢地鼓动自己出走，令自己少女之心颇为仰慕的热血青年，那终于要摆脱困苦的欣喜之情，令萧红感到无比痛恨。她想到了白居易笔下的琵琶女，便用轻蔑的语气戏谑道："商人轻利重别离。"

原来同甘易，共苦难。

她与陆哲舜本也算不得男女朋友，既然陆决定回哈尔滨，萧红也无可奈何，只是自己一腔的热情遇到的不过是一个懦弱的男子，也罢，从此便也互不相欠了。

陆哲舜走了，空荡荡的院子里就剩下萧红一个人了，枣树早已是光秃秃的，雪落在屋顶，再也没有赏雪的心情了。

去哪里呢？家，她不想回去，也回不去了。

天大地大，她觉得无处容身。

而此时，汪恩甲从东北赶到了北平，他要接萧红回去。

萧红出走给这个男人带来奇耻大辱，此时，他还能不计前嫌赶来接她，萧红心中涌过一丝感动，至少这是一个宽容而有风度的男人，至少他目前算是她名正言顺可以依靠的男人。

我想萧红的心底更期待的应该是亲人的宽容吧！她的父亲，她的叔伯，或者她的弟、妹，哪一个都比汪恩甲的到来更令她欣喜。可是，谁也没有来。萧红对家的失望和冷漠是可以理解的。

1930年阴历年末，决绝出走的萧红不得已又回到了哈尔滨。

一波三折错识君

从北平回来的萧红意识到呼兰小城张家已经难以容纳她这个叛逃者了。在同学家偶尔住几天可以,毕竟不是长久之计,此时,身无分文的萧红唯一能依靠的便只有这个从北平将她接回来的她名义上的未婚夫了。

汪恩甲不顾家人的反对,偷偷前往北平去见萧红,足见他对萧红是用情至深的,与陆哲舜的中途离弃相比,萧红心里的天平自然更偏向于汪了。怀着一种复杂的心境,萧红与汪恩甲走进了道外区十六道街东兴顺旅馆,并开始了与汪恩甲的同居生活。

萧红没有想到,东兴顺旅馆是她人生中爱与痛的见证,她将在这里认识生命中最爱的人,也将在这里度过一生最艰难的困境,饥饿、寒冷、孤独、绝望犹如松花江绵绵不绝的江水般将她团团围住,令她无法喘息,无处逃生。

远离家族的逼迫,没有寒冷和饥饿的困扰,暂居旅馆的萧红过着平静而温馨的生活,她和汪恩甲多次提到去北平读书的要求,汪也同意了。萧红在汪恩甲的陪同下,还为自己置办了一些衣服,后来去北平穿的那件貉绒领、裸子皮的皮大衣便是此时置办的。他们在一起也规划了自己的婚姻，想象婚后的生活。

树欲静而风不止，命运似乎再一次与萧红开了一个玩笑。

她想解除与汪家的婚约时，汪家不同意，她愿意与汪恩甲成婚时，汪家又不同意了。

汪恩甲的兄长得知弟弟从北平接回萧红并与之在旅馆同居后，大为恼怒。汪家在顾家屯也是赫赫有名的大户，却遭遇萧红此等羞辱，汪家是绝对不会接受这样一个不清不白的女人进门的。汪大澄便将回家探望的汪恩甲软禁，不许其再与萧红联系。

萧红在旅馆等候汪恩甲归来，却迟迟不见踪影，聪慧的女子便猜到是汪家在从中阻挠。于是，她收拾行装，匆匆赶往汪家，期望说服汪家接纳自己。

此刻的萧红对自己和汪恩甲的婚约是抱着一种乐观的心态来看的，她还没有意识到自己出逃北平的这一举动给汪家带来了怎样的灾难。

汪恩甲对萧红有感情，他们之间又有婚约，这些不是说断就可以断的。况且，之前汪父去世时，萧红曾前往吊唁，还颇得汪家人的认可。萧红一路上应该想了不少的说辞，也想了很多种可能，并且设想了各种的应对措施。

她没有想到的是，汪恩甲的母亲、妹妹、兄长对她破口大骂，不容她做任何的解释，兄长汪大澄更是铁定了要让二人解除婚约。

心情沮丧的萧红一个人孤零零地回到了东兴顺旅馆。想着今日汪家人对自己的污蔑和羞辱，想着自己义无反顾地将清白交给了汪恩甲，想着汪恩甲对自己的承诺，再想到自己读过的书里那些追求自由和爱情的道理。有一个念头在她脑海里闪过，凭什么别人要决定自己的人生。于是，第二日萧红请律师写好诉状，要状告汪大澄代弟休妻。

个性倔强的萧红，果敢而大胆，女子状告男方悔婚这种行为，在男尊女卑的封建时代，大胆得有些不能寻常。

好在此时的张家并没有袖手旁观，他们作为家族团也参加了这次庭审。张家应该抱着之前和萧红相同的期望，希望两家还是能化干戈为玉帛，让二人喜结连理，促成一桩喜事。

然而，汪恩甲并没有萧红般的决绝，他也不可能抛开亲人，只为一己之私。庭审时，他违心地承认是自己要解除婚约的，保全了兄长。法庭当场解除了二人的婚约，至此，萧红与汪恩甲之间，连名正言顺的名头也没有了。

绝望的萧红再一次被逼上了绝路。对她彻底失望的张家是回不去了，有着汪恩甲印记的东兴顺旅馆也回不去了。她像秋天被风吹卷起的一片黄叶，茫茫然没有方向。

她忽然想到了北平，想到二龙坑西巷的那个小院，此时，怕只有那里静谧的环境才可以让她缭乱的心境平复下来。

她托陆哲舜为自己买了去北平的车票，还与之前东特女中的好友作别，便踏上了二去北平的列车。

这一刻的萧红应该是怀着一去不复还的心境出发的。列车轰鸣声中，这个看似强悍的女子再一次潸然泪下。北平并非抚平伤口的理想之地，前一次的寒冷与饥饿似乎还在不断提醒着她脆弱的身体，此次没有任何依傍地前去，似乎有更大的困难在等待着她。

萧红是一个决绝的女孩，一旦做了决定，不到万不得已，是不会回头的。

在北平的小院，萧红像一只受伤的刺猬一样蜷缩着，舔舐自己的伤痛。好友李洁吾也不时去探望孤寂的萧红，陪她聊天，照顾她病弱的身体。

萧红没有想到汪恩甲会再次来到北平，她的住处。

汪恩甲来北平是想挽回与萧红的婚约的。在法庭上自己违心地承认解除婚约，不过是为了保全兄长的权宜之说，私下里，他并没有要解除这桩婚事的打算，况且，他与萧红此时已经有了夫妻之实。

尽管萧红愤愤难平，对汪恩甲极其失望，但她也是默认这桩婚事的。她在与友人高原的对话中也提到自己不久将要与汪恩甲结婚的事实。一个无依无靠又名声尽毁、清白尽失的女子，在那样一个社会里能嫁出去已经很不错了，更何况汪恩甲原本就是她的未婚夫，爱情对此时的萧红来说就是一种奢望。

汪恩甲在北平一留就是近一个月的时光。他多次游说，希望萧红能与自己回哈尔滨，尽快让家人接受他俩的婚事。萧红也是多次劝说，希望汪恩甲支持自己在北平继续读书，并且还劝说汪也能留在北平深造。两个人怀着不同心思，又极力希望对方为自己妥协，彼此又互不体谅，各自坚持，时日久了，耐心便也耗尽，矛盾自然而生。

后来萧红与汪恩甲之间究竟爆发了怎样的大战，令一向对求学特别看重的萧红，突然中断学业，仓促离开北平，给世人留下了一个不解的谜。

萧红再一次回到了哈尔滨，走进了呼兰老家。

法庭上父母族人的支持，给了萧红一丝期许，在自己最无助的时候，家还是她最后的屏障。当汪恩甲已经无法再信任和依靠时，萧红唯一想到的便只能是家人。

她是怀着一种怎样的心境踏上这样一条回归路的？懊悔、愧疚、无奈、惶恐、绝望，她也做好了向父亲低头的准备，这对一向自尊而固执的萧红来说，是非常艰难的一件事。此时，她还不过是一个二十出头、未经世事的小姑娘，在外面受了如此多屈辱，回到家，渴望的不是亲人的责备和冷漠，而是抚慰和谅解。

张廷举似乎不是一个善解人意、懂得好言相劝的父亲，梁氏作为后母，要照顾一大家子女的衣食起居，更无心去体察萧红丰富而柔软的心底。他们能做的便是像刺猬一般，将萧红隔绝在张家之外，免得她又做出令家人蒙羞的事情。

张廷举的隔绝之策便是举家迁往福昌号屯，张家的祖居。这里地处偏僻，交通不便，又有张氏家族的众多兄弟姐妹的看守、照应，量女儿也翻不出什么大浪。

萧红在福昌号近七个月的生活应该是极其痛苦的。囚牢般失去自由的拘禁，百般防备式的隔离，让曾经自由散漫的萧红几乎喘不过气来。她还要忍受祖母冷漠的指责，提防脾气暴躁的大伯父时不时的毒打。

只有好心的七婶和同样遭受家族白眼的姑姑对萧红伸出温暖的手，但在男权至上的张家，这点杯水车薪的慰藉远远无法抚平她对远方的向往。

萧红最终在七婶和姑姑的掩护下，藏在送白菜的大车里偷偷离开了福昌号屯，逃亡哈尔滨。再一次的叛逃，令从巴彦赶回的张廷举大为震怒，即刻宣布取消萧红的族籍，从此与她断绝父女关系。

决绝的父亲和固执的女儿，谁也不愿意低下高贵的头颅，终其一生，他们也没有和解，即使在哈尔滨街头偶遇，也是冷眼相对，形同陌路。

萧红从几面之缘的朋友那里尚且能得到一丝温暖和宽慰，在最亲的家人那里得到的却是冰冷的防备，她心底的天平彻底失衡了，家，从此成了她最深的恨。

逃到哈尔滨的萧红，成了一个女流浪汉。在哈尔滨寒冷的冬夜，她无数次为寻找一处栖身之地而彷徨在街头，她鼓起勇气去敲姑母家的门，最终还是逃开了。有一次昏倒在路旁的萧红最终被一个暗娼所收留，度过了艰难的一夜。

居无定所的流浪，彻骨的寒冷，还有哈尔滨即将迎来的战火硝烟，都令萧红惶恐不安，哪里是自己可以暂时栖居的处所，何人可以让她在风雨漂泊中获得一分安然。

最终，她绝望地想到了汪恩甲，一个她不愿意去祈求，却不得不低到尘埃里去妥协的人。那是一种怎样的无奈，不到绝境的人是不会明白的。

萧红再一次找到了汪恩甲。

此时的汪恩甲，对萧红已经很难说有多少爱意了，有的也许是愧疚，是同情，是怜惜，或者是想给这个因自己的缘故落得如此凄惶下场的女子一个暂时的庇佑。

于是，他瞒着家里人，和萧红再一次走进了东兴顺旅馆。

这时已是1931年十一月底，在哈尔滨街头漂泊了一个多月的萧红暂时有了一个栖身之所。

这一年的冬天，那个叫刘鸿霖的青年和自己的妻子也来到了哈尔滨，他怀着投身革命、保家卫国的一腔热血，准备投入到反抗日本侵略的斗争中去。

1932年对哈尔滨来说，是最不堪的记忆。在日军连续的疯狂轰炸之后，二月，哈尔滨沦陷，成了伪满洲国的一个特别市。

国破家亡之际，困居旅馆的萧红一面忧心动荡着的国家的命运，一面忧心自己不可预知的未来。生活上暂时的平静，令她陷入了精神的苦闷。她只有通过报纸来了解时局，在那些热血青年同样愁苦、忧虑的字里行间释放自己心中的痛，这一时期，她关注的比较多的是哈尔滨一家私人主办的《国际协报》。

五月，困居旅馆半年之久的二人，已经欠下了四百多元的食宿费。在老板的逼迫下，汪恩甲离开旅馆去筹钱，从此杳无音信，下落不明。留给萧红的将是一个无法收拾的残局。

逢郎欲语低头笑

萧红与萧军

旅馆遭弃险被卖

去年的五月，
正是我在北平吃青杏的时节，
今年的五月，
我生活得痛苦，
真是有如青杏般的滋味。

后人能从诗中读出萧红苦涩的心境，却读不出她青杏一般的困窘。

在旅馆等待汪恩甲归来的日子是漫长而煎熬的，萧红眼看着自己的肚子已经越来越明显，而汪恩甲却迟迟不见踪影。

她一遍遍地翻阅那些破旧不堪的书籍，吸收一点营养，让自己忘却暂时的饥饿。提笔写下一首首小诗，描绘自己心底的寂寞与思念。

红红的枫叶，
是谁送给我的！
都叫我不留意丢掉了。

若知这般别离滋味,

恨不早早地把它写上几句别离的诗。

那时的萧红还心心念念等待着汪恩甲的归来。

日子一天天逝去,饥饿与孤独的岁月比往日的时间显得更加漫长,她靠在旅馆的小窗边,一次次地眺望着远处的街道,每一声细碎的哀叹,都引得她驻足停留。

正如郑愁予笔下那等在季节里的容颜,仔细聆听每一声嗒嗒而过的马蹄。

寂寞的萧红亦如临窗期盼的闺阁女子,等待着自己远行的丈夫归来。等待、期盼、失望,再等待、绝望,一个多月过去了,汪恩甲依然不见踪影。

萧红心底已经有一个无比清晰的声音在不断提醒她:他再也不会回来了。

也许他不想再背萧红这个沉重的包袱,也许他被家人再一次扣留,也许……萧红应该想过无数种可能,每一种可能都只有一个结果,那便是留给她的是,要一个人去面对的困境。

早已失去耐心的老板,也意识到这个挺着大肚子的女人很可能被自己的丈夫抛弃了,他再也没有必要像客人一般服侍她。他将萧红安置在二楼南头一间放清扫工具的储藏室,并勒令她不许自由走出旅馆,除非她将所欠的房费缴清。

连续的阴雨,旅馆的生意愈加萧条,来往的商客也不再逗留,相继离开。

旅馆的老板急于收回自己的房费,他不断地逼迫萧红想办法筹钱,并恐吓她若是再不还钱,便要将其卖到哈尔滨道外的"圈儿楼"(妓院)还债。

萧红知道,他不是吓唬自己,欠债还钱是理所应当的。这样一大笔巨款,如果不能偿还,等待她的必然是被卖的下场。

蜷缩在二楼阴暗潮湿的储藏室，萧红挺着小盆一般圆鼓鼓的肚子，无望地提笔给她认识的人发出一封封求救信，期望他们中的某一个能帮自己逃离这苦海。

信发出去了，再一次如石沉大海一般。

最绝望的时候，她想到了《国际协报》文艺副刊的主编裴馨园，这个被叫作老斐的知识分子。虽然萧红并不认识他，但从他所办的副刊《国际公园》，以及他的"老斐语"专栏可以看出，这是一个有血性、有良知的青年。

无路可走时，萧红只能寄希望于同样有着一腔热诚的爱国有志人士，或许，她也不过是怀着死马当活马医的无奈。

她在信中提到自己为反抗父亲的包办婚约，叛逃出封建家庭，却因生活所迫被骗，欠下旅馆六百多元的食宿费，现在孤身一人，怀着身孕，又被限制了人身自由，发出了"我简直不敢相信，难道现今的世界还有卖人的吗？有！我就将被卖掉"的呼声。她希望看在"我们都是中国人"的份儿上，为拯救一颗少女的憧憬和追求，对方能伸出援助之手。

心怀悲愤的萧红，字里行间也透着几分质询的语气。

这令一向颇为清高的裴馨园对这个署名"悄吟"的女子也多了几分好奇，想到她的艰难处境，更是生了一分关切之情。

他与报社的几个年轻编辑一起相商，决定先去东兴顺旅馆探一下虚实，再做打算。

此时，裴馨园的周围聚集了三郎（刘鸿霖）、琳郎（方未艾）、黑人（舒群）、南蛮子（孟希）等一批血气方刚的热血青年。

此时的"三郎"即后来的"萧军"，它们皆为刘鸿霖的笔名之一，相较于笔名"三郎"和本名"刘鸿霖"，笔名"萧军"更为后来的文坛熟知和广泛使用。此时的萧军是来自辽宁小碾盘沟村的满族小伙，他目睹了战火中的东北惨绝人寰的悲剧，目睹了哈尔滨的沦陷，一腔豪情决意要参加抗日革命，保家卫国。甚至因此与妻子发生争执，将其送回辽宁老家，自此与其断绝夫妻情义。

留在哈尔滨的萧军，迫于生计的压力，只能以"三郎"的笔名写文，获得一点菲薄的稿费。后得裴馨园的赏识，在他的手下做了一名编辑。

一个被家族除名，一个被家族忘却，他们有着同样的才华，有着同样的凄楚命运，便如两条不相平行的直线，注定了会有相交的一天，一旦相遇，如同铁片碰着石子，必能迸溅起灼灼火花。

裴馨园与其他编辑商量去探望那个向他们求救的可怜女子时，萧军并不热心。他知道自己此刻的处境，身无分文，寄人篱下，空有一副侠骨柔情，却无半点绵薄之力，去探望也是于事无补。

七月十一日，在收到萧红求救信两天后，裴馨园便与舒群，和另一位作者一起去旅馆探访她。

在旅馆二楼那个阴暗杂乱的储藏室，三人看到了穿着一件褪了色的蓝衫、鼓着肚子、赤脚趿拉着鞋的萧红。简陋的环境和女子的惶恐无助，令裴馨园一行三人深为忧虑，他们与旅馆老板交涉，恐吓其不得虐待，更不能卖掉楼上的女子，要照常供应她伙食。

回到报社，裴馨园邀请了一些作家到道外的北京小饭店吃饭，一起商量如何帮助萧红，萧军也在其中。

听了裴馨园介绍女子之前与家庭对抗的勇敢，以及此刻滞留旅馆的惨境，在座的热血青年纷纷愿意倾囊相助，有的要捐出自己的薪水，有的要为萧红谋划职业，只有萧军情绪低落地说："我什么也不能做，我是一个一无所有的人，只有头上几个月未剪的头发是富余的。如果能换到钱，我愿意连根拔下来。"众人都笑说萧军醉了，只有萧军自己知道，他不是醉了，是真的无能为力，他又不愿做沽名的假慈悲，裴馨园邀请萧军再去探访萧红时，萧军也推辞了。

有缘的，即使相隔千里终会相遇；无缘的，纵是近在咫尺也会擦肩而过。

萧红与萧军，命运从萧红向《国际协报》发出求救信的那一刻起，便将二人连在了一起。

第二日，萧红又给裴馨园打电话，他是她唯一的救命稻草，她急于了解报社对自己的拯救计划。电话拨通了，却不是昨日姓裴的男子，而是一个陌生人，他的声音带着点冷漠，似乎对萧红的事情没有多大兴趣，这让萧红有点心焦，难道报社不准备管她了吗？

放下电话，她又一次陷入了焦虑，恰巧报社又派了两名编辑来探望她，却只字不提如何将她从旅馆营救出去的事情。

她只能不断地向他们述说自己的不幸和苦楚，她感觉自己也像鲁迅笔下那个可怜的祥林嫂一般，变得神经质了，可是有什么办法呢？在这样无助的情况下，她除了期盼他们的同情外，一点办法也没有。

下午，裴馨园得知该女子的烦躁不安，暂时无计可施的他想到先安抚萧红的情绪，便想着送几本书过去，正好萧军在旁边，便托他带了过去。

1932年7月12日的黄昏，哈尔滨的天依然是阴雨绵绵，暗沉的天际，冷清的街衢，一个并不高大的年轻男子撑着伞，走进了道外区十六道街的东兴顺旅馆。

这座始建于1920年的巴洛克式建筑，终将见证一场才子佳人的旷世绝恋。

他在旅馆人员的带领下，走过昏暗的甬道，在二楼南边尽头处的一间小屋门口停了下来。

"她就住在这间屋子里，你自己敲门吧！"旅馆人员说完径自离开了。

荒凉的旅馆，静谧得能听到雨点落在屋顶上啪啪的响声。

萧军抬手敲了两下门，没有回应，停了一下，又敲了两下，门忽然打开了。

他借着昏暗的灯光，隐隐看到一个披着半长散发的女子站在他的面前。再近一点，她那近乎圆形的苍白的脸上，一双特大的闪亮的眼睛直直地盯视着他。

萧军对她的第一印象并不乐观，她那落拓的穿着，惶恐颓废的神情，还有随时戒备又故作镇定的眼神，扮演了一个落难又强自坚强的女性形象。他对这样的强装是不以为然的，何不真实一些，故作的自尊又能掩饰什么。

"你找谁？"她怀着一丝希冀探问道。

"张廼莹。"他不等她邀请便径自走进了那间昏暗、霉气刺鼻的房间。

她接过老斐的介绍信，颤抖着看了一遍又一遍，终于知道来人就是《孤雏》的作者，一个有热血的爱国青年，对他莫名地产生了一丝好感。

她激动地拉过自己床边的一张旧报纸，指着那篇《孤雏》说："我读的就是这篇文章……"

萧军没有吭声，也不知道该说什么，指了指桌上的几本书，告诉她，这是裴馨园带给她的，说完便准备转身离开了。

"我们谈一谈……好吗？"女子应该是鼓了很大的勇气才开口的，她实在是太寂寞了。

他迟疑了一下，终于还是不忍看她失望的眼神，这点微末的要求自己还是可以做到的。

她谈了自己的身世，谈了现在的处境。说着说着，甚至低声咒骂了一句。

萧军曾经当过兵，做过宪兵，见过比她凄苦太多的青年女性，她的述说并未引得他多少触动。他无意间瞥见散落在女子床头的几张信纸，看到了精致地用铅笔勾画的仿照魏碑《郑文公》的"双钩"大字，吃惊于这个女子的才情。他还看到了那首短短的小诗。

去年的五月，
正是我在北平吃青杏的时节，
今年的五月，
我生活的痛苦，
真是有如青杏般的滋味。

"这些诗句也是你作的吗？"萧军波澜不惊的心忽然狠狠地疼了一下。

"也是！"一抹淡红的血色浮上女子苍白的面庞，她有些不好意思。

萧军的心被震动了，这样一个才华横溢的女子，怎么能遭遇如此不幸呢？他忽而觉得眼前的女子变成了世间最美丽的人，她有着一颗美丽、可爱、闪亮的灵魂。

萧军在心里暗暗发誓：他一定要不惜一切代价，拯救这颗美丽的灵魂。

一见钟情两相痴

如何让你遇见我，在我最美丽的时刻。为这，我已在佛前求了五百年，求他让我们结一段尘缘。

——席慕蓉

萧军遇见萧红，并非在她最美的时刻，然而他看到了她破落不堪的外表下那颗最美丽的灵魂，即使低到尘埃里，依然高傲地昂起自己的头颅。

电光火石头的思绪之后，萧军便重新开始审视眼前这多情的女子，认真聆听她的故事，并与她展开了深入的探讨。

这一个晚上，他们谈了很多，明明陌生的两个人，却像相识了很久一般，有着说不完的话，诉不完的情。

萧红对萧军也很有好感。除却他的文章，他言谈举止间所表现出来的豪侠之气，也是她最为欣赏的。

这个夜晚，他们谈读书兴趣，谈文坛新近出现的作家，谈他们的家庭，她的祖父和父亲，他的父亲和姑姑，甚至还提到了汪恩甲。

与汪恩甲的枯燥无趣相比，眼前的男子让萧红感觉好奇和神秘，她想靠近他，了解他。她毫不掩饰的率真令萧军也感到前所未有的轻松。

"当我读着您的文章时，我想这位作者绝不会和我的命运相像，他一定西装革履地快乐生活在什么地方！想不到竟也这般落拓！"

此时的萧军，穿着一件褪色的蓝的蓝布学生装上衣，打着补丁的灰色裤子，赤脚穿着一双绽开口的破皮鞋，头发蓬乱，形象似乎并不比萧红好到哪里去。

彼此的赤诚以待，令他们的话题越来越深入，萧红甚至试探着了解萧军对爱的看法。

萧军也直白地回她："谈什么哲学、爱学，爱便是爱，不爱便丢开！"

他的回答令萧红感到非常意外，但对于这试探性的话题也不好做什么评价，便只能继续问道："如果丢不开呢？"

"丢不开，便任它丢不开！"萧红还笑着说他的回答太中和了。

这段看似平淡的对话，却为二人的爱情埋下了一枚定时炸弹。

萧红对萧军爱的哲学是不认可的，纵观她之后在二人情感中的态度可知，她要爱便爱得深沉，全身心去爱。

不同的爱情观，也是两人最终分崩离析的重要原因。

萧红此时的心情是矛盾的，她既想将自己彻底托付给萧军，又忧虑她与萧军在他那爱的哲学理论下能走多远。

现实的残酷，最终令无可选择的萧红，孤注一掷地迈出了那一步。

离开的时候，两个聪明的青年，心底其实已经把一切都看明白了。

一个落魄的女子在最不堪的时候，遇到了自己心仪的男子，这个令她心仪的男子竟然毫不在乎她的一切，愿意接纳她，热爱她。这样的情义，谁又能漠视，这样的男子又怎让人拒绝？

一个以冲动为爱的男子，又身负侠义之气，遇到一个美丽且极富才情、身陷囹圄的年轻女子，又怎能不伸出爱的臂膀，给她依靠？

这一夜，在中国现代文学史上留下了华美的篇章。两个即将熠熠生辉的文学青年终于走到了一起，以爱为名，为这个人们渴望自由与爱情却不得的时代点亮了一星火种。

临走时，萧军看到萧红桌上粗瓷碗里硬如沙粒的高粱饭，心中一阵酸楚，便将口袋里仅有的五毛钱给了她："留着买点什么吃吧！"

他是真正心疼着萧红，那五毛钱是留着搭车回去的，现在他只能在雨夜步行十里路回去了。可这又算得了什么呢？爱情的甜蜜，能化解身体和心灵上的一切伤痛。萧军如此，对萧红更是如此。

这一夜的萧红，心中灼热着火一般的热情，之前对生的恐惧，对未来的担忧，也被萧军的到来和这浓郁的爱意所驱散。

她摊开凌乱的稿纸，握紧那半截紫色的铅笔头，动情地写下了《春曲》。

> 我爱诗人又怕害了诗人，
> 因为诗人的心，
> 是那么美丽，
> 水一般地，
> 花一般地，
> 我只是舍不得摧残它，
> 但又怕别人摧残。
> 那么我何妨爱他。（《春曲·二》）
>
> 只有爱的踟蹰美丽，
> 萧军，我并不是残忍，
> 只喜欢看你立起来又坐下，
> 坐下又立起，
> 这其间，
> 正有说不出的风月。（《春曲·四》）

如此炽热，如此直白的爱情宣言，是萧红对这爱情的祭礼。

第二日，萧军再一次来到旅馆。

昨日的爱意，两人还是遮遮掩掩，在试探中揣摩着彼此的心意。今日，已经深悉各自情意的两人便无所顾忌，爱的冲动让两个已经有过夫妻经验的年轻人，很快便突破了传统的界限，灵与肉的结合让他们彻底地沦陷。

萧军在之后的小说《烛心》中将当时的情景和自己的心境真实地记录了下来。

> 你会说，我们的爱发展得太迅速了！不错！我们是太迅速了，由迅速至相爱，仅是两个夜间的过程罢了。……我们不过是两夜十二个钟点，什么全有了。在他们那认为是爱之历程上不可缺的隆典——我们全有了。轻快而敏捷，加倍地作过了，并且他们所不能作，不敢作，所不想作的，也全被我们作了……作了……

这样大胆的宣言，挑战世俗的举动，恐怕也只有这两个从小便叛逆的年轻人才能做得出来。同样，他们这无所顾忌地表达，毫不掩饰地描绘，更是令人在惊异中带着点敬佩。

赤裸裸地批判他人容易，赤裸裸地展现自我，则需要极大的勇气。

短短的两日时间，萧红与萧军，浓缩了他人从相识、相知到相爱，最终结合的全过程。

在外人看来，这不过是冲动，激情散去，理智回归时，留给他们的便是难以咀嚼的苦涩。

萧红，总是困惑于萧军的爱的哲学，她从他身上体会到的那种热情与冲动，那种爱便在一起，不爱便丢开的理论，并不只是说说而已。

他与萧红，便是爱在一起，与妻子许氏，便是不爱便丢开。

那么，当他遇着另一个爱的年轻姑娘时，是否也会将萧红丢开。

于是，她嘴上大胆地告诫萧军："我不许你的唇再吮到谁的唇！"但她心里也知道，这样苍白的约束，拦不住一个花心男人的心。

她对萧军喃喃道："三郎，我们错了！我是说我自己错了，不该爱了我所爱的人。"

这是多么矛盾的心态啊！明知自己爱的是萧军，明知萧军并不是一个长情的人，却又没有办法控制自己的爱。更何况萧军还和萧红坦白了自己心底暗恋的一个名唤"Marlie"的美丽女子，这让萧红一片痴情瞬间冰到了底，她哀怨地说道："我并不愿听到这些与我无关的话，我恐怕再也写不出昨夜那样的诗来了，三郎，你好残忍！"

面对萧红的伤心、失望，萧军似乎有些后悔自己不该告诉她，便只能轻声地抚慰这个满心爱着自己的女子。

萧红也意识到，前路不可预知，徒然的担忧也于事无补，况且，自己此刻也别无他法，不如就这样沉沦吧！她抱着萧军，绝望地喊道："我们只享受这今朝吧，三郎，抱紧我！"

这样矛盾而复杂的心理，不只是萧红一个人的内心独白。

萧军在《烛心》中同样记下了他几天后的困惑。

> ……我们就这样结束了吧！结束了吧！这也是我意想中的事，……
>
> ……你爱我的诗，也只请你爱我的诗吧！我爱你的诗，也只爱你的诗吧！除开诗之外，再不能及到别的了……总之，在诗之领域里，我们是曾相爱过……

萧军清楚地意识到，他们的爱是基于对彼此才华的欣赏。他希望自己能从这场无望的狂恋中清醒过来，于是，他去看望萧红的次数越来越少了。

困居旅馆的萧红再一次陷入了孤独与恐惧之中，这一次还多了害怕萧军将自己抛弃的焦虑。她甚至多次邀请萧军的朋友方未艾来旅馆探望自己，以排解这无边的寂寞。

哈尔滨的雨还是不停歇地下着，令萧红本就沉闷的心境更加阴郁。

此刻的萧军，也在为拯救萧红而四处奔波着。

到了八月间，连续下了一个多月大雨的哈尔滨，再也承受不住这泼天的雨势，江堤开始决口。

大水淹没了街道，人们四散着逃离，唯有怀着身孕的萧红还被困在二楼发霉的储物间里，哪里也去不了。

老板又来催债了，她敷衍地说："明天就有办法。"

明天会怎么样呢？这么大的洪水，萧军也不知怎样，萧红无助地倒在床上，听着窗外有人喊包袱落水啦，孩子掉阴沟啦等嘈杂的声音，以及旅馆里走廊不断传来的离去的脚步声，萧红感觉自己好像被整个世界给遗弃了。

傍晚的时候，萧军的朋友舒群竟然泅水来到旅馆，为萧红带来两个馒头和一包香烟。

看着满身泥水的舒群，萧红心里又燃起了一丝希望，至少她知道萧军还没有忘却自己，他还在想尽一切办法，想要拯救她脱离苦海。

哈尔滨的洪水，历史记下了这样一笔：

> 1932年7月，哈尔滨连续降雨27天，加之哈尔滨上游嫩江、第二松花江和拉林河流域连降暴雨，形成了哈尔滨洪水。8月7日，松花江决堤，道外区大部分被淹。8日，顾乡、道里部分地区被淹，街市可以行船。12日形成洪峰，最高水位达119.72米。水灾造成23.8万人受灾(当时哈尔滨市人口38万)，2万多人丧生，并且大多数人死于灾后的瘟疫。

八月九日这一天，被困东兴顺旅馆几个月的萧红，成了这场巨大灾难的受惠者。她在划着小船，摇着黄色旗子的救援船的接应下，逃离了旅馆。

小船驰过狭窄的小河，在船沿与波浪的碰触中缓缓前行，阳光落在女人凸起的肚皮上，她酣畅淋漓地呼吸着久违的新鲜空气。

街边的小房子都已沉入水底，无数的尖叫和惊恐的面庞不时呈现在眼前，但这一切对刚刚获救的萧红来说，并没有什么可怕，对她而言，获得了自由，才是获得了新生。

接下来，她即将展开的，将是与萧军执子之手的美好生活。

萧军在哪里呢？

此时的萧军正带着面包和香肠，游水到旅馆去救萧红。

好在有萧军留下的地址，萧红终于找到了道里区的老斐家。

错过的两人，傍晚时分终在裴馨园家相遇了。

不同的命运，相似的境遇，一个是痴心以付，一个是露水情缘，若说无真情，怎有那满腔爱意笔尖生花，若说有真情，又怎会六载夫妻劳燕分飞。

不过是一个人的痴情，遇着了另一个人的冲动。

在爱与痛的边缘

　　爱情不是冲动，也不是迷恋，爱情包含激情，但又不等同于激情，爱情包含快乐，但又不仅仅是快乐。真正的爱情是包容，是牺牲，是患难与共，是不离不弃。

　　萧红在香港弥留之际，曾总结自己与萧军之间，可以患难与共，却不能同享平静幸福。

　　而刚脱离东兴顺旅馆，即将临盆的萧红与一贫如洗、居无定所的萧军，面临着饥寒交迫的危机，哪里还有闲情去考虑爱与不爱的问题，摆在他们面前的首要问题是如何填饱两个饥肠辘辘的肚子，还有怎样安顿萧红的生产。

　　萧军确实有着武侠世界里英雄的侠义精神，即使自己食不果腹，也从来没有想过丢下怀着别人孩子的萧红，一走了之。

　　老斐基于对萧军的赏识，和对萧红的同情，向他们伸出来热情之手，先是安顿萧红住在他家的客厅，还叮咛家人尽量不要去打扰她。

　　傍晚，萧军下班后来看萧红，两人一起步行在道里公园温馨的小道上。身后的余晖将他们的身影拉得很长，两人相携着享受这宁静而温和的短暂时刻。直到夜深人静，他们才跳过公园门前横着小水沟，回到裴家。不久，为了方便照顾行动不便的萧红，萧军也搬到了裴家。

裴馨园和夫人黄淑英对萧军和萧红的事情是知悉的，但并不意味着认同，对萧红怀着孩子和萧军住在一起的行径也是鄙薄的，面上不说，背后的冷漠却是令当事人萧红深有体会的。她也知道他们之所以接纳自己住在裴家，只是看在与萧军的朋友情分上，自己感觉不过像他们施舍的一条流浪狗一般。

松花江的大水在萧红被解救之后，并没有停下它一往无前的步伐。它翻滚着穿过裴家附近的街巷，穿过萧红与萧军相依相偎的公园，淹没了那月下洒满银辉的可爱亭子，于是，留给他们的只剩下停在街口的一只小船。

萧红和萧军便整天坐在船板上，在这座倾覆的哈尔滨城里，一日日艰难地苦熬着。

初尝爱情禁果的萧红和萧军，总有说不完的话，动情时，便不顾及场合地展现他们的亲密，而忘却了自己寄人篱下的处境。

萧红住在裴家的内室，萧军在外面的躺椅上睡着。每天早晨醒来，有时是萧军走到里间，轻轻地推醒萧红，更多的时候，萧红偷偷去捏萧军伸在外面的脚趾，看着他被捏痛醒转来时无奈的神情，感到无比满足。

洪水肆虐的时节，蚊虫横飞，那些停留在道里公园高大树夜间的蚊虫似乎成群结队地搬迁到了裴家。萧红总是将自己被咬的密密麻麻的腿指给萧军看，萧军痛惜萧红的同时，也深感自己的无能，只能以手抚摸她那伤痕累累，有些肿胀的腿肚，以爱人的温情来安慰她的忧虑。

这一幕恰被经过的裴夫人和孩子看到，她便戏谑地问："你们两个用手捏住脚，这是东洋式的握手礼还是西洋式的握手礼？"不谙世事的孩子也跟着学。

这令萧红和萧军颇为尴尬，更多的是感受到了寄人篱下的屈辱。没有自由空间的穷人，似乎连享受爱人温暖的抚摸也是不被允许的。两人如此的谨小慎微，还是让裴家人感到了难堪。

一日，黄淑英找萧红聊天，借机婉转地劝告萧红，让他们尽量不要在街上走，在家里是可以随便的，但在街上，尤其是周围人都知道他俩住在裴家，且穿得衣衫褴褛，很不好看。

黄淑英虽然努力用委婉的语气将老斐的话转达给了萧红，萧红还是从她掩藏着的笑容下，读出了他们对自己不满。

于是，她在挽着萧军在大街上散步时，将黄淑英的话哀怨地说给了萧军。萧军和她一样愤怒，但也同她一样无奈。除了裴家，他们无处可去。留下，便只能忍受这般的对待。

"穷人就不能恋爱吗？"萧红痛苦地感觉到身为一个贫穷者的悲哀。

他们坐在街边的长凳上，看着道里公园被水淹没之后，唯一留下的红电灯如萤火虫一般跳跃着。萧红伏在萧军的衣襟上，无声地哭泣，两颗饱经磨难的灵魂紧紧地依偎在一起。

相对于萧红和萧军这一对苦命鸳鸯无处宣泄的情感而言，此刻哈尔滨街头，更多的贫苦百姓流离失所，横死街头，他们就算愿意忍受屈辱的寄人篱下，也没有人愿意提供他们一砖片瓦以栖身。

能在裴家落脚，还有闲情散步的萧红和萧军，在1932年的哈尔滨大洪水面前，是非常幸运的。

富有正义感的裴馨园面对哈尔滨日伪政府的不作为，愤而写下《鲍鱼之肆》以抨击时弊，此文发表在《国际协报》副刊上，很快读到此文的伪市长鲍观澄愤怒不已，逼令《国际协报》开除裴馨园。

能够为萧军提供庇佑的老斐自己也陷入了困境，家人又对萧军、萧红毫无预期的借住埋怨不已，为了避免矛盾升级，裴馨园携家小迁往另一住所，留岳母与二人同住。临走时，愤愤的女主人带走了屋里所有的衣物，甚至没有给即将临盆的萧红留下一条棉被。

萧红蜷缩着身子枕着包袱，睡在裴家的土炕上。八月底的凉气，透过泥土的缝隙，一点点渗入她圆鼓鼓的肚子，令她痛不能忍。

她痛得在土炕上打滚，巨大的呻吟声让萧军内心煎熬。他顾不得戴帽子，匆忙冲下楼，冲进接连不断的雨雾里，穿过一片片雨，一条条街，四处去借钱。

无奈的他再一次找到裴馨园借钱送萧红去医院，这次的老斐也许是手头也比较拮据，也许是受家人情绪的影响，冷淡地回他："慢慢会有办法，过几天，不忙。"

　　这在被逼到绝处的萧军耳中，无疑是极大的屈辱，他深刻感受到自己与裴馨园之间经济上不对等，是无法成为朋友的。

　　绝望的他，两手空空地再一次回到裴家。箭一般地蹿上楼，看到的还是痛到无处发泄的萧红，她嘶吼的声音野兽般攫住他的心，他忍受不了这样的声音，再一次冲入雨中，即使无法可想，拼掉性命他也不能看着自己心爱的女子这般痛不欲生。

　　终于，他找来一辆马车，将萧红抱下楼，抱进车里，马车夫赶着车往医院而去。

　　一路上，疼痛让萧红厌烦不已，连最爱的萧军也让她厌烦，她蜷在萧军怀里，恨不得马车一步能跨进医院里。

　　车夫惶恐不安地看着深深的积水，担心马儿不小心走到阴沟里，萧军便跳下车，拉着马的脖子，在深水里一步步慢慢向前走。

　　终于熬到医院，看到医生那不慌不忙的神情，萧红和萧军也确信孩子可能真的还有一个月才会出生，连那莫名的疼痛也似乎轻了。

　　回去的路上，两人再经过公园和马戏场，便能在这风雨交加的哈尔滨街头，忍受着一天的空腹露出些许的笑容。

　　想到医生告知一个月后，萧红生产所需的15块钱，萧军也有了一丝信心。

　　他将身上仅有的五角钱给了车夫，两人相扶着走上楼梯，进了内室。

　　他让萧红躺在破棉被上，看着她用手指疏理着凌乱的头发，为她脱去湿透的鞋子，轻吻了一下，便去了外边。

　　萧军还没有进入梦乡，便再一次听到里面传来萧红痛苦的呻吟声，他冲进内室，看到她惨白的脸，便知道医生的话也有不靠谱的时候，萧红可能真的快要生了。

　　上面的一幕，是多么惊心动魄的场面，萧红与萧军何止是共患难，对萧红而言，萧军是她在生与死的边缘，唯一的救命稻草。

而紧接着的故事，更是小说一般的传奇。

身无分文的萧军此刻抛下萧红出去借钱是不可能的，再回想今日借钱所遭遇的屈辱，他也没有打算借钱。

他看出这样一个黑暗而混乱的时代，只有靠蛮横才能解决问题。他硬是凭着自己武夫的勇猛，将萧红安置进了哈尔滨市立第一医院的三等产妇室。

次日凌晨，萧红产下一个女婴。

萧红的才华被后人反复歌咏，她的反叛与赤诚也令不少人为之倾慕，唯一令人诟病的便是她对待孩子的态度。

她在自传小说《弃儿》中，将一个抛弃女儿的无情母亲刻画得让世人不寒而栗，令人只看到她冷到骨子里的绝情，却忽略了她不得已的苦衷。

她看到护士即将推过来的孩子，大喊："不要！不……不要……我不要呀！"却没有人关注她同样浑身颤抖，那不是畏惧，是一个母亲的心痛。

孩子躺在冰凉的床板上五天，看不到母亲一眼，得不到母亲的一滴奶水，整夜整夜地哭得作呕。却没有人在意萧红慌张、迷惑地赶下床去，以为院长要杀害她的孩子，最终昏倒在地板上的实情。

她笑着对那个想要抱养孩子的妇人说："我舍得，小孩子没有用处，你把她抱去吧。"这样残忍的话语配着她轻描淡写的笑，这是心底对自己多大的嘲讽，才有的言辞。

离世前的萧红，对守在病床前的骆宾基道出了她的牵挂："但愿她在世界上很健康地活着。大约这时候，她有八九岁了，长得很高了。"

不是不要，是没有办法给孩子一个活下去的依靠。

她和萧军尚在饥饿中艰难度日，再加一个不是萧军的孩子，她无法预知以后的路会怎样，不如给孩子找一个可以托身之人，一个将来的新妈妈。

她决绝地割裂与孩子之间的所有牵绊，滴水之恩，当涌泉相报，喂哺之情，也当回报吧！那便舍了这情，让她知道她亲生的妈妈是不需要记住的。

后人评判萧红，凭的也是她自己笔下的描绘。试问谁有这样魄力，将自己心底最阴暗、最无情的一面赤裸裸地展现给他人来看？谁又有胆量将自己刻画成一个面目可憎、冷血冷清的女人？

萧红应该也是痛恨的吧！她痛恨自己的无能，痛恨家人的无情，痛恨穷人的悲惨命运，于是她怒而将这种恨化为笔下对自己的怨。

获得拯救的新生

我不能决定怎么生，怎么死。但我可以决定怎样爱，怎样活。

——萧红

萧红唯独没有恨的是几次救她于生死之间的萧军，也许，她舍弃孩子主要就是为了萧军，她要毫无牵绊地与萧军开始他们的二人世界。

从萧军回她的话便可以看出，他确实将萧红的孩子看作是负累。

"这回我们没有挂碍了，现在当前的问题就是住院费。"

"他想——芹是个时代的女人，真想得开，一定是我将来忠实的伙伴！他的血在沸腾。"

这是萧红眼中的萧军，为了自己的革命热情，抛弃了结发之妻，那么，她抛弃自己的孩子，成全他的事业，又有何不可呢？

她爱萧军，爱得太彻底，爱得忘了自己。不曾料到在薄情的萧军眼里，竟落得一个没有"妻性"的评判，何其可悲！

萧红欠着医院的费用，庶务几次来催讨，萧军一再敷衍，他现在想的是如何凑到雇佣马车的五角钱。

想到之前的宪兵制服可换几个钱，但从床下翻找后，发现早被老鼠咬破了，这点微末的希望也没有了。

萧军又急着去为这五角钱想办法了。

欠着医院费用的萧红自然不会得到医生、护士的好态度，他们一开始还反复地催讨，后来渐渐失去了耐心，指望着萧红赶紧出院，好尽早腾出床位接待其他的病人，对萧红的态度更是变本加厉。

医院人员的冷漠，加上产后身体上的各种病痛，虚弱的萧红，时常向萧军哭诉，希望早点离开医院。

萧军也是无奈，在医院里还勉强提供吃住，出了医院，他们不仅要忍饥受冻，萧红还需操持家务，她这样的身体，是万万不能的，忍一天是一天吧！

实在无力偿还医院债务，他也做好了坐监牢的准备。产后虚弱的萧红，在一个不眠夜之后忽然病倒了。高烧令她头痛欲裂、浑身疼痛不已，她绝望地拽着萧军的手说："亲爱的，这回我也许会死了。"

她唯恐萧军离去，紧紧地拉着他的手。这天地之间，唯余萧军一人，她怕自己再被抛下。

萧军轻轻碰碰她的手，安慰道："不会的，我这就去找他们。"

萧军找到办公室，看到医生正在那里悠闲地下棋，他们对萧军的请求无动于衷，还嘲讽他没有钱看病，希望他赶紧转院。

面对他们无所谓的闲散态度，着急的萧军一下火了，他一把掀翻面前的棋盘，指着他们大声威胁道："如果今天你们医不好我的人，她要是从此死去……我会杀了你，杀了你的全家，杀了你们的院长……杀了你们这医院所有的人！现在，我就等着你来给我医！"

医生大概是被萧军的气势震住了，很快便来到萧红病床前，给她打针吃药。

疲惫的萧军从浑浑噩噩中清醒过来时，看到的是萧红恬静而安详的睡颜。

他蹲在她床边默默地看着她，醒来她用手抚着他的前额和头发，动情地说："亲爱的，这是你斗争的胜利。"一向刚毅的萧军哭了。

这是多么美好的一幅画面，多么温馨的一对青年，如果能抛却生活的艰难困苦，他们是多么令人羡慕的伴侣啊！

索要住院费无望的医院，最终默许了他们离开，孩子被作为抵押留在了医院。

九月下旬的一天，没有马车，两个相互搀扶的羸弱身影，艰难地向裴家走去。无论前路如何艰难，这一对坚强的身影只要相互依存，便一定会越过阴霾，迎来黎明。

回到裴家，萧红和萧军仿若两个获得新生的自我，他们热切地拥抱，呼唤彼此为自己的"情人"。现在，他们可以放手去实现自己心中追逐的理想，那一刻，他们认为彼此的方向和信念是一致的。两个方向一致的青年，拥抱在一起，彼此都获得了并肩作战的力量。

还没有来得及品味平静的二人生活，萧军和萧红又迎来了新的问题。

裴馨园迫于家人和邻里的压力，终于不再允许他们住在裴家了。他没有当面直言，只是令女儿拿了五块钱交给萧军，让他另寻住处。

洪水刚刚退去的哈尔滨街头，四处都是无家可归、无处停靠的流浪者，那些低廉的旅馆也早被灾民挤得严严实实，只有外侨经营的昂贵旅馆还有一些空房间。

萧军再一次发挥了他蛮横的劲头，雇了一辆马车径自将行李拉到了新城大街一家白俄人经营的欧罗巴旅馆，住进三楼一间阁楼小房。

这间旅馆最便宜的客房，在灾难之后，租金由之前的每月三十元涨到了六十元。

急于落脚的萧军唯恐茶房看出自己的窘迫，迅速将行李搬进了房间，匆忙之间也顾不得产后的萧红。

短短的三层楼梯，萧红感觉快要爬上天了。她扶着栏杆，迈着两条颤到无力的腿一步步挪向三楼的小阁楼。汗水沿着额头滴滴答答地落着，她用袖口轻轻地擦拭着，萧军还以为萧红是委屈地哭了。

萧红不哭，她为什么要哭呢？离开衣食无忧的呼兰老家时，她就知道会有饥饿、寒冷、疾病，一切一切不可预知的灾难是自己要面对的。

她扫了扫这间到处弥漫着白色的小房间。白色的屋顶，白色的桌布，白色的床单，让她感觉自己像要住在帷帐中一般。正当萧红端着刷牙缸喝水，萧军庆幸他们还有床单时，女茶房来了。

原来床单也是要钱的。

她看着女茶房洗劫一般拿走了软枕、床单，甚至不忘扯走桌上铺着的那张白布，整个房间便又换了一种颜色。

发黑的草褥子，黑白圈点的破木桌，还有一张变色的大藤椅，突兀地停留在惨白的小房子里，还有就是屋子中间两个落魄青年。

欧罗巴旅馆的生活，在萧红的回忆里，最多的印象便是饿。

白天，萧军出门去为房租的事奔波，萧红便蜷缩在那张光板的床上，嗅着门外其他房间门上挂着的列巴圈的麦香，看着提着白色发热的奶瓶站在门外的送奶人，想象着成串肥胖的点心噌到自己鼻头的满足，饥肠辘辘地熬过一个个白天，等着萧军带回一点"黑列巴"和盐填补胃肠之间的那丝欲望。

萧军终于找到了一份新的差事，谋得了一大笔钱。

摸着萧军冰凉的裤管，欣喜地看着他拿出做家庭教师的二十元钱，萧红意识到他们可以摆脱暂时的饥饿了。

有了这二十块钱，他们可以从容地从客房门口的篮子里拿面包、点心、列巴圈，还从当铺里赎回了之前的两件衣服。

萧军穿着他的小毛衣，萧红穿着萧军宽大的夹袍，他们兜里揣着钞票，理直气壮地穿过街道，拉开一扇破碎的玻璃门，走进一家小饭馆。这应该是他们吃得最有滋味的一顿饭。五碟小菜，半角钱猪头肉，半角钱烧酒，一份丸子汤，还有八个大馒头。

萧军还笑着说："你真像个大口袋。"

满足的萧红经过街口卖零食的小亭子时，还买了两块纸包糖。她一定觉得这样的生活也如糖一般甜。

奢侈的生活于他们而言是稀有的，更多的时候，二人不得不面对饥寒交迫的日子。

萧军不断奔跑着做家教、教武术、教国文，还是无法应付欧罗巴昂贵的房费和他们的一日三餐，饥饿再一次成了萧红每日的必修课。

饿得受不了了，萧红也想过去偷那些挂在其他门口的大列巴圈，一次、两次、三次，最终她还是灰溜溜地回到了床上。

她可以低下高昂的头颅，却不能低下高昂的灵魂。

没有办法，她只能写信给中学时的美术老师求助。

很快，美术老师和他的女儿来到了欧罗巴的小阁楼上，他希望她能以艺术之美来超越世俗的庸常，而萧红想到的是老师的票子又能让自己和萧军熬一段时日了。她再也不是东特女中时期，那个不谙世事、清纯无邪的萧红了，她连柴油盐的日子都过不上，还谈什么艺术和追求。

不久，他们的生活迎来了转机。

中东铁路局一位姓王的科长请萧军给自己八岁的儿子教国文和武术，每个月的酬劳是二十元。萧军和对方商量不收学费，由对方免费提供住处便可。

这样，他们便有了一处新的居所——商市街25号。

对萧红来说，商市街有她最美好的回忆。她和萧军郎情妾意，夫唱妇随，一起享受爱情与事业双收的果实。

商市街也是她最幸福的时光，她劈柴、做饭，为自己所爱的男人苦心经营温暖的巢穴，纵然是吃苦，那苦中也带着蜜一般的甜。

有了自己的新家，两人便开始着手为家添置家具，让它更有家的味道。

萧军借来一张铁床，费了九牛二虎之力，才将它搬进了房间，又找房东借了一张桌子，两把椅子，布置完之后便匆匆出门去置办其他东西。

留给萧红的只有饥饿，冷冰冰的铁床，没有火星的铁炉板。

不知是饿，还是其他什么缘故，萧红的肚子疼起来了，看着这简陋而空洞的屋子，她对家的美好憧憬也瞬间消散了。

好在萧军很快便回来了，他买回了碗筷、刀子、水壶等，还有一些白米。

萧红围着火炉，也像一个正正经经的家庭主妇一般，尝试着做他们俩的第一顿晚餐。

　　油菜烧焦了，饭煮得半生不熟，这些都没有关系，他们围坐在光秃秃的桌边，咀嚼着辛苦经营的这一切，意识到终于告别了暂时的流浪生活，开始有了属于自己的家。

只愿君心似我心

萧红与萧军

商市街难熬的冬

　　像春天的燕子似的：一嘴泥，一嘴草，……我和我的爱人终于也筑成了一个家！……我的任务是飞呵飞……寻找可吃的食粮，好使等待在巢中病着的一只康强起来！

　　　　　　　　　　　　　　　　　　——萧军《为了爱的缘故》

　　晚饭之后，萧军的学生，王家八岁的孩子在父亲的带领下来拜师了，很快他又邀了自己的三姐来探望他们。

　　王三小姐与萧红都曾就读于东特女中，攀谈之下，王小姐对中学时的萧红印象深刻，几乎每天都能在操场或礼堂看到她的身影，而萧红感叹三年前的事情，自己怎么就没有一点点印象了。

　　中学时代的萧红太耀眼了，身上像点着无数的火，走到哪里都能燃出一片光亮。那时，她又怎么会注意到一个中规中矩的封建家族大小姐呢！

　　时隔三年，对面的王小姐面容姣好，青春靓丽，打扮时尚，而自己经历了风霜一般的摧残，此时已经残败如枯叶。

　　遥想当年的风华，顾首此时的落魄，萧红心里涌上一丝难言的酸楚。

哈尔滨的冬天应该给萧红留下了彻骨的记忆，即使身处南方，在创作《呼兰河传》时，也是大书特书那冷留给她难以磨灭的印象。

搬进商市街，有了自己的家，并不意味着就有了衣食无忧的日子。

萧红开始学着操持家务，学着生活，她白嫩的双手时常会被铁炉子烫焦，坚硬的指甲也不能幸免，潮湿的柴火有时像和她作对一般，怎样都点不着。这时，她便孩子一般的泪眼汪汪，对着不争气的铁炉子，气闷地想，大不了不吃了，最多不过饿死罢了。

转而又想到，自己已不再是一个大小姐，吃点苦，挨点饿，受点冻又算得了什么，又不是娇子，便收了那几近流出的泪水，再一次投入到让炉子着起来的忙碌中去。

晚饭时，就剩一块木桦了，一块木桦投进火炉，只能占着二十分之一的空间，饭是吃不了了。萧军劝慰她不打紧，饿了就吃面包吧！

生不起火炉的屋子是铁一般冰凉，尤其是躺在铁床上，感觉就像掉进了冰窟窿。萧红在被子里蜷成一团，好几次想把冰冷的腿伸到肚子上暖一下，可惜办不到。

与她的怕冷相比，体格健壮的萧军，倒是不怕冷，他还在半夜的时候爬起来，光着身子去厨房喝冷水。萧红知道那不过是萧军的逞强，他想让自己知道，这样的冷并不能打垮他。

她抱住他的身体时，并没有感受到一丝热气，而是触到了一片冰冷。

第二天早上，看到那最后的一片木桦，他们无计可施，只能找他的学生家去借些。有了木桦，又没有米，教完武术，萧军便又忙着去借钱，等他想办法拿回一张厚饼时，又只剩一块木桦了。

他们就这般每日过着为柴愁，为米愁的日子。

不生火的日子，他们便只能想法弄些黑面包，涂着一点白盐艰难地喂下肚。

萧军每日大量的时间是要跑着做家教，或者四处去借钱。

一会儿武术，一会儿国文，一会儿又要跑去其他的地方，他为着两人的家疯狂地奔跑着，晚上回来时，便已是疲惫不堪，几乎倒头就睡。

相对于萧军的奔忙，萧红的日子又闲得发苦，很多时候是连生活都不需要的，因为没有木柈，她便站在过道窗口处，忍着饥饿的肚子等待萧军回来。

有时，会碰见王家漂亮的小姐，打趣她几句。

王家厨房炒炸酱的味道穿过过道，直接扑到萧红的鼻子上，她本就空空的肚子更是一阵痉挛。好容易等到萧军带回烧饼，匆匆地在过道交给她，便又急着去一家招电影广告员的地方试试。

萧红看到王家小姐那蓝色的大耳环在眼前摆过，听到她跟自己聊胡蝶主演的爱情影片的结尾，可是回头，她又看到萧军那挂着霜的唇。

萧红知道，他们是不同的人，穷人和富人。

生活给了她最深的一记拳，她便如此清醒。

实在没有办法的时候，萧红也进过当铺。她的那件新做的没有穿过一次的棉袍，被她塞到包袱里，递到了高的柜台上，她踮起脚，昂着头，与戴帽头的讨价还价，最终当了一块钱，与萧军交给她的任务差了一半。

少就少了，好歹够买一些米，又能熬几天了。

萧红买了米，买了菜，路过包子铺，还买了十个包子，臂上抱了很多，却一点都不觉得重。她已经懂得如何料理琐碎的生活，应对茶米油盐的困苦，不再是那个躲在萧军臂弯下等待的小女孩了。

忙碌的萧军，为了填补两人的生活，已经顾不得什么精神需求了。白天，他像陀螺一般转得停不下来，晚上，倒头大睡的他，推也推不醒。

无所事事的萧红，白天在空寂的屋子，或荒凉的过道里，忍受着寒冷和饥饿等待萧军回来，时间对她来说是何其漫长。晚上，备受寒冷的煎熬，难以入眠，她想和自己的爱人说上几句暖心的话语，来驱赶这冬日的严寒，却不忍心去叫醒沉睡中的萧军。

萧红迫切地想要摆脱这样的困境，想要做点事情，为萧军分担些家庭的劳累，而不是只做一个等着喂食的小鸟。

萧军偶然认识的一个朋友金剑啸，是一个颇有艺术气息的青年，而且性情也与萧军、萧红相投，他热衷于戏剧、美术、文学等艺术形式，希望通过艺术之美来实现自己的理想和抱负。

萧红和萧军租住欧罗巴旅馆时，金剑啸为了救济洪水中受难的百姓，发起了"维纳斯助赈画展"，画展中有冯咏秋的家禽，金剑啸的炭画，白涛的油画《羞》等，老斐为画展写了发刊词《关于画展》，不擅绘画的萧军则写了一篇评论《一勺之水》。

萧红当时托萧军送去两幅粉笔画，一幅画的是两棵萝卜，另一幅画的是萧军练习武术的行头一双破鞋，和一只"杠子头"（山东硬面火烧）。萧红靠着这生活中少之又少的实物，画出了她对贫苦生活的体验。

这次画展，不过是一群进步青年的爱国热情，虽然没有筹到多少钱，但他们的热忱激发了人民之间的团结和互助。

对萧红而言，这次画展，让她认识了一些志趣相投的朋友，接触了更大的社会空间，也意识到单纯地守着一两个的人小家生活实在是乏味、无趣。

她希望有机会走出小家庭，摆脱茶米油盐的牵绊，投入到为社会尽一份责任的事业中去，正如同当年，她在县立一小和东特一中参加游行时热血澎湃的呐喊，当然能为萧军减轻些负担是更好的。

适逢金剑啸创办了"天马广告社"，作为中共地下党与左翼文人的联络点，对外则承接绘画广告的业务，地址在道里区中国十五道街一座小院四层楼的阁楼上。

萧红托了金剑啸的关系，去做广告副手，却因不小心沾染了一幅大牌广告的红条痕，被经理开除了。这短暂的尝试，也让萧红意识到在那样的时代，女人谋求一份稳定的职业是相当困难的，首先要面对的便是男权社会对女性的排挤。

即使生活如此的艰辛，萧红觉得只要能吃上黑面包和白盐的日子也是快乐的。吃黑面包时，萧军会学着电影上度蜜月时的情形，将沾着盐巴的面包送到她的唇边，看着她吃下第一口，然后再拿回自己嘴边吃上一口。

炉子能燃起火的时候，两个人便觉得更满足。萧红准备晚餐，等着萧军回来，忍不住饭菜的诱感，偷偷地尝一口，看一眼窗外，萧军有没有回来，再尝一口，及至听到屋外萧军的脚步声，她便躲到门后，等不及萧军来寻，便怪叫着跳出来。

这样温馨的相处，是萧红困苦生活里唯一的慰藉。

商市街1932年的冬天，对萧红来说是特别难熬的。女人产后本来需要补充丰富的营养，需要充足的休息来调理身体。萧红没有，她要忍受饥饿、寒冷和病痛的折磨，还有那无边的寂寞和藏在心底最深处的自卑。家在她看来不过是没有阳光，没有温暖，没有声，没有色的不生毛草的荒凉广场。

正是因着产后没有得到适当的调理，萧红的身体一直比较虚弱，她的妇科病也可能是这一时期落下的。这些事萧红也不能向萧军诉说，体格强健的萧军也体会不到萧红的苦楚，他们不过是偶然的相遇，因着短暂的目标——活下去而结合在一起，一旦生存不再成为问题，他们又变回了两个独立的个体。

萧军晚年回顾二人的"婚姻"，用的便是"偶然"，偶然地遇合，偶然的婚姻，必然的分开。

这与萧红对待感情的态度是截然相反的，她是一个很重情的人，爱的时候便全身心地爱，那些冷啊饿啊痛啊，常人觉得无法忍受的苦楚，在她看来，只要有爱，没有什么大不了的。

所以，商市街的这个冬天尽管难熬，在她心里依然是最值得怀念的，是她美好的初恋。这从她写的《商市街》系列散文便可看出，那些苦，她是怀着美好的心境在抒写的。

无论生活怎样艰难，人还是要努力地活下去。

"牵牛坊"的短暂快乐

一个人成为他自己了，那就是达到了快乐的顶点。

——伊拉斯谟

萧军和萧红在"维纳斯助赈画展"中结识了很多进步青年，他们都怀有忧国忧民的反满抗日思想，都有一颗不愿做亡国奴的爱国心。相同的志趣和理想，让他们便时常聚集在一处，或写诗作画，或关注时局，或商讨创办报纸副刊，以文艺的形式参与到救国抗日的斗争中。

他们聚会的地方便选在著名画家冯咏秋家。冯氏夫妇的家位于道里区新城大街（今尚志大街）南端、道里菜市场附近，是一座独门独院的俄式平房，与他们一同租住的还有黄之明、袁淑奇夫妇。

冯咏秋不仅豪爽豁达，喜欢结交朋友，而且也喜欢种花。

每年的春季，他们夫妇会在屋前种下一排牵牛花，每到夏、秋之时，散发着缕缕清香的各色喇叭花和绿油油的叶子，沿着藤蔓爬满了房屋和庭院，宛如一面织锦的屏障，煞是好看。于是，常来这里的人们为这座房屋起了一个十分温馨而浪漫的名字——"牵牛坊"。

萧军和萧红是牵牛坊的常客，金剑啸、罗峰、白朗、舒群、方未艾等也经常到牵牛坊来，他们中有些是中共地下党员，有些是进步的左翼青年。他们进步的思想，开阔的视野，满腔的爱国热情，对萧军和萧红产生了极大的影响。

萧军本就一身正义，渴盼投身革命，报效家国，因生计所迫，又兼萧红无所依傍，便一时搁浅，只能暂时凭着手中的一只笔杆，嘶声呐喊，为千万战场上奋勇杀敌的革命志士助威。

萧红柔弱的外表下，也藏着一颗火热的爱国心。她中学时代受鲁迅、茅盾等新文化运动的影响，对黑暗、腐败的旧社会痛恨不已，对生活在社会最底层的贫苦百姓则充满了同情。

她从封建的旧家庭叛逃，沦落为衣食无着的贫苦人，期间的肮脏和辛酸更是比别人看得更透彻一些。

鲁迅对萧红的偏爱，可能也有这方面的因素，他们都经历了从富庶到贫穷的斗转，更能体会这中间的酸涩苦辣，也更能明白人世间的世态无常。

短暂的时光，坎坷的磨砺，让萧红经历了平常女子所不能的痛楚，积聚了丰富的情感和生活体验，她需要的不过是一个机会，一个让她满腹才情和独特的创造力得以施展的机会。

萧军的好朋友方未艾接替裴馨园担任副刊《国际公园》的主编，便是一个很好的机会。

商市街的日子暂时平静了，萧军见萧红每日在家无所事事，便鼓励她写文章。恰逢报社准备在新年出一份"新年征文"的特刊，萧军及周围的朋友都鼓励萧红，怕萧红因长时间疏于表达，信心不足，萧军便安慰她，只要写出来就好，有方未艾在，不会落选。

萧红便着手完成了她的第一篇小说《王阿嫂的死》。小说得到方未艾的认可，顺利地选入征文，很快便发表了，署名"悄吟"。

这是萧红第一个笔名，从此，她结束了张廼莹的时代，进入了"悄吟"的时代，也正式拉开了她文学里程的大幕。

富有才华的萧红，一旦得到认可，她的才情便如滔滔的江水，汹涌之势不可阻挡。很快，她在1933年的4月间又完成了纪实散文《弃儿》，发表在长春《大同报》副刊《大同俱乐部》上。

她将自己怀孕到被弃于东兴顺旅馆，以及产后出院这段非人的经历以女主人公"芹"的角色，真实而细腻地叙写了下来。

《弃儿》这一毫无掩饰的文风特点，也奠定了萧红散文的最大特点——纪实。

读萧红其文，可知其事，可解其人。

《弃儿》的发表也要归功于萧军，《大同报》副刊的编辑陈华，也是萧军的朋友。

后来，金剑啸、罗峰等借助萧军的关系，在《大同报》创办副刊《夜哨》，为抗日宣传做好幕后工作。

萧红以"悄吟"或"玲玲"的笔名，在《夜哨》上发表了小说《哑老人》《夜风》《清晨的马路上》《烦扰的一日》；散文《小黑狗》《迷茫中》；诗歌《八月天》等，创作颇丰，几乎每期都有她的作品，足见其作品风格已被肯定。

萧军这一时期的创作主要以中长篇为主。萧红将自己在哈尔滨上学的经历作为素材，由萧军改写成中篇小说《涓涓》，发表在《国际协报》上。

还有便是舒群的朋友，磐石游击队的共产党员傅天飞为萧军带来了一个惊心动魄的故事，成就了他在中国现代文学史上的地位，这便是萧军后来完成的《八月的乡村》。

这部小说是以磐石游击队发展壮大和惊心动魄的革命斗争经历及黑龙江汤原县抗日民主联军第六军的事迹为素材，结合萧军自己的军旅生活经历，创作的一部反映东北人民在中国共产党领导下，英勇抗日的小说。

萧红在商市街系列之《生人》中将傅天飞与萧军会聊的一幕也记了下来。

文章发表得多了，微薄的稿费也能维持两人的生活，萧军也不用四处奔走着做家教，可以潜心进行写作。

琴瑟和鸣，鹣鲽情深，一起写文，共同探讨，相互磋商，何其美好。除了一起写文，他们还一起排演过话剧。

牵牛坊的常客在金剑啸、罗烽的组织下，成立了一个话剧团，取名"星星剧团"，主要排演革命剧本，萧红和萧军也担任了业余演员。

他们先后排演了《小偷》《姨娘》等具有进步思想的话剧作品。萧军在《小偷》中扮演受律师诬陷，被迫做小偷的主人公杰姆，而萧红则在《姨娘》中扮演一个生病的老妇人。他们排演得很投入，也很高兴，有时候一个小小的动作都能引得大家哈哈大笑。萧军在排演小偷时，拿枪指着饰演律师太太的白朗时，总会惹得白朗咯咯地笑，她一笑，大家也都乐了。

这样温馨而热闹的场景在他们排演的三个月时间里，应该是经常出现的，这也给了萧红和萧军无限的乐趣，以至到剧团因日伪密探的破坏，不能演出，不得不解散的时候，他们一度也很伤心。

萧红的纪实散文《剧团》《白面孔》《牵牛房》，写的就是有关剧团的事。

当时，他们非法出版的合集涉及"反满抗日"嫌疑，又传言日本宪兵要逮捕两人。

他们嗅出危险的味道时，便赶紧关起门来收拾家里的违禁品，散了一地的纸片，唯恐哪个书页里夹了骂"伪满洲国"的字样，甚至连高尔基的照片也不放过，放在烛火上赶紧地烧了。

当萧军和萧红安心地坐下喝茶，觉得该烧的都烧了时，萧红忽然发现了一张写在吸墨纸上的犯法字样："小日本子，走狗，他妈的'满洲国'……"，顿时赫然，顾不得纸张的珍贵，急急地投到炉火上烧了，萧军还责怪她"为一个虱子烧掉一件棉袄"。

剧团里的演员徐志忽然被抓了，萧军和萧红也感到很惶恐，想着是不是又要逃跑，要漂泊，生恐那些敌伪的狗腿子随时冲进屋里来抓他们，好在风声终于过去了。话剧也因联系不到演出的场所，而被迫放弃，剧团也解散了。

牵牛坊除了谈革命，搞宣传，排话剧外，还时常会举办一些娱乐活动。

跳舞是他们特别喜欢的活动，尤其是在旧年前后，几乎每夜都会跳。在红色或绿色的灯光下，平时文质彬彬的知识分子，此刻褪下一本正经的面孔，疯狂地舞动起来，有的抱着风琴，有的抱着椅子，还有搞怪的去化装，男扮女相，逗得大家开怀大笑。

跳舞结束了，大家一起吃吃喝喝，说一下调皮话彼此戏谑。

有时他们还在客厅里捉迷藏，大家四下乱跑，有人蹲在桌子底下，有人将椅子扣在头上跑，还有的学蛤蟆叫，狗叫，猪叫，还有人装哭，被蒙住眼睛的人，在这此起彼伏的喊声中，四处乱摸，好不容易逮着一个。

牵牛坊带给萧红和萧军无限的乐趣，让他们在商市街寒冷的冬日，感受到了特别的温暖，他们在这里收获了友情，发展了自己的事业，享受了精神生活的美好，也从这里开始走进"左翼"文学的阵营。

1934年的哈尔滨，白色的恐怖气息笼罩，因牵牛坊的各项进步活动，萧军和萧红也成了随时可能被抓捕的对象。

他们整日在惶恐和忧虑中度过，摆脱了黑列巴和白盐的日子，却迎来了在枪口下度日的不安。

舒群因与党组织失去联系，随时面临危险，匆匆离开哈尔滨，去了青岛。受他之邀，萧军和萧红也决定离开哈尔滨。

牵牛坊的快乐生活便这样戛然而止了，留给萧军和萧红的便只有回忆。

跋涉的美好时代

也许不是每个人都能拯救世界，也不是每个人都有条件创造未来，但是为苦难的世界担当痛苦，却应该是一个作家的精神追求。我写苦难，就是因为希望苦难的现实能够改变。虽然我还没找到改变的道路。

萧红和萧军发表的文章多了，两人便萌生了一个大胆的想法，自己出书。

将凝结着自己思想和智慧的文字，油印成一本本喷着墨香的书籍，这是很多作家的梦想。然而印书是需要很大成本的，一般作家都是由出版社代为出版，很少自费。更何况此时的萧军和萧红，刚刚摆脱饥饿的威胁，生活也只能算勉强度日，在这样艰难的条件下，想要自费出书，实在是一个太过天真的想法。

不过，有牵牛坊那一群可敬可爱的朋友，他们的梦想最终竟然实现了。

两人在1933年9月的《国际协报》上刊登了一则介绍该书的广告：

三郎、悄吟著作之《跋涉》，计短篇小说十余篇，凡百余页。每页上，每字里，我们是可以看到人们"生的斗争"和"血的飞溅"给予我们怎样一条出路的线索。现在印刷中，约九月底全书完成。

《跋涉》是萧红（悄吟）和萧军（三郎）的作品合集，包括他俩的小说、散文和诗歌。其中，收入萧红的《王阿嫂的死》《广告副手》《小黑狗》《看风筝》《夜风》五篇小说和一首小诗《春曲》，收入萧军的六篇作品是：《桃色的线》《烛心》《孤雏》《这是常有的事》《疯人》《下等人》。

这十几篇作品大多是以他们的人生经历和情感体验为基调，展现旧社会生活在底层老百姓的困苦和艰难，萧军的作品中还暗暗渗透着反叛的精神。

他们给这本合集取名《跋涉》，意在表现这是他们人生之路、创作之路艰难跋涉的印记，也是他们相濡以沫，患难与共的见证。

《跋涉》之所以能够顺利出版，主要得益于当时的五日画报社社长王岐山和朋友们的资助。

慷慨的舒群，得知萧军二人要自费出书，又苦无经费，便将自己省吃俭用攒下来给父母度日的四十元钱，又狠心要回了三十，来资助他俩，这笔钱解决了大部分出版经费，还有其他朋友也三元、五元、十元地筹措了一些。

萧红在永远不安定的洋烛火光下，一个字一个字将稿子抄写下来，顾不得眼睛酸涩疼痛，蚊虫的叮咬荼毒，她心里如蜜一样甜。

《跋涉》的出版，是萧红和萧军满心期待的，这本合集凝聚了他们所有的心血和梦想，就像初恋少女等待情郎一般，他们怀着甜蜜的期盼，准备迎接它的到来。

实在抑制不住心底的兴奋，萧红便随萧军一起到印刷局去。看到折得整整齐齐等待印刷的册子，她心里觉得比儿时母亲为她制一件新衣裳还要欢喜。及至看到排铅字的工人手下按着她的《夜风》的铅字，便觉得有无限的感情。

从印刷局出来，他们吃了一顿俄国包子，为了庆祝《跋涉》即将出版，还特意喝了两杯外国酒。

秋日的天气还有一丝炎热，兴致高昂的萧红提议不如去江边走走。

萧军穿着短裤，萧红穿着小短裙，踩在松软的细沙上，看到江中有租赁的小船，萧红又提议要划船。

后来他们划船遇到一座沙洲，在那里脱光衣服洗了澡，还惬意地躺在沙滩上晒太阳，可惜被意外划来的一只小船惊吓得赶紧起来穿衣服，结果萧军的衬衫也不知被水冲到哪里去了。

好在他们捞到了一条死鱼，作为丢失衬衫的补偿，回去准备煎鱼庆祝他们的册子印刷。

从今天来看，这都是一对令人羡慕的情侣，富有情趣，懂得浪漫，有共同的事业，一致的方向，相互体谅，彼此尊重，患难与共，人生如此，夫复何求。

这样温馨而美好的场景，在萧红与萧军的共同生活中，并不是时常会有的。

农历八月十四，中秋节前夕，萧军和萧红再一次来到印刷局，和装订工人一起忙了一天。萧红手捧着32开毛边纸的书册，嗅着那还未干透的油墨的幽香，看着萧军亲笔书写的那几个并不漂亮的大字："跋涉""三郎""悄吟""1933"，简陋的封面，粗糙的印制，却令她倍加珍惜，她摸了一遍又一遍，总也舍不得放下。

《跋涉》不仅将两人的作品装订在了一起，也将两人的名字并排印在一起，呈现在公众的面前。这对萧红来说是意义非凡的。

且不论她个人会取得怎样的声名，这本书册对东北文学界的影响会如何，单单凭着她能以正式的身份与萧军并肩偕行，这便已经令她极其快慰了。

她与汪恩甲虽有婚约，然而他们的结合却不是光明正大的，也是没有得到世人认可的，属于非法同居。她与萧军结合，没有婚约，没有三媒六聘，没有婚礼，没有家人的认可，也没有登报申明，同样是非法同居。

周围进步的朋友，思想比较开放，可以接受这样私下的结合，甚至会以为这是自由爱情的典范。然而，也会有一些不理解的朋友或邻里对此颇有微词，她和萧军在裴馨园家的遭遇便可以看出。

萧红心里也是期盼她和萧军的爱情，除了是他们两人的之外，还应该得到更多人的祝福和羡慕，《跋涉》的出版正是这样一个千载难逢的机会。

1933年10月，《跋涉》由哈尔滨"五日画报印刷社"正式出版，出版印了一千册，除了送朋友外，其他大多委托商场销售。

很快，噩耗传来，《跋涉》遭到了日伪特务机关的查禁，书册大多被没收销毁，尽管如此，那些偶尔流出的书册，还是奠定了两人在文坛的地位。黑夜已经无法遮掩这两颗熠熠生辉的东北之星。

《跋涉》的出版，在失败的同时，还给萧军和萧红带来了很大的麻烦。

萧军和萧红闻听日本宪兵正秘密抓捕他们，恐怖的气息令两人时时支起耳朵，防备有可能突然而来的侵扰。即使将现存的所有《跋涉》的样稿该清理的清理，该烧的烧，但凡有些微反叛文字的纸样都处理了，还是觉得忐忑不安。

一段时间过去，可能来的没有来，两人才又渐渐回归了正常的生活。

这一时期，《夜哨》已经停刊，萧军和萧红又换了新的阵地。

白朗接替方未艾编辑《国际协报》副刊，创办了《文艺》周刊，萧红和萧军在刊上发表了不少作品。尤其是萧红，她的才情像拔开的油壶，一旦倾倒，便一发不可收拾。这一时期她发表的作品《夏夜》《蹲在洋车上》《出嫁》《卖场》等，除个别关注社会生活外，大多是回忆呼兰、阿城的生活，《卖场》基本就是后来《生死场》的前面部分。

此刻的萧红，经过生活的磨砺，已经慢慢沉静下来，对呼兰老家也不如之前那般谈之色变，对亲人也开始有了温情的触摸。

为了不引起注意，她有时也用笔名"田娣"，萧军用"田军"，这和之后的"萧红""萧军"一样，他们时时处处都在强调彼此是一个合体，是生命中不可分割的爱侣。

而这一时期，萧军也开始忙着写作自己的长篇小说《八月的乡村》。

《跋涉》被禁之后，日子虽然暂时归于平静，但随着徐志被抓，剧团解散，友人的离开，他们也意识到商市街平静的生活已经过不下去了，他们需要面对再一次的漂泊。

形势越来越严峻，周围的朋友也纷纷做好了出离开的准备。金伯阳要去磐石游击队，金剑啸邀他们去上海，已经在青岛的舒群，也向他们发出了邀请。

两人最终决定乘船去青岛。

结束哈尔滨的生活，结束《跋涉》的美好时代，开始新的流浪。

这一时期的萧军和萧红，是革命同志，是文学伴侣，也是生活中相濡以沫的夫妻。此时萧军粗犷、强硬的个性大多都用在为生计和事业奔忙了，而萧红的纤细、多愁善感也全力投入到自己的创作中了，彼此间的不和谐也能被暂时的压制，展现出一幅你耕田来我织布的温馨画面。

然而，他们之间的性格冲突和对爱的理解，并不因这时光的辗转而趋同，也不会因着彼此的日夜享受，而有所妥协，他们还是两个独立的个体，彼此有着不同的方向。

萧军那爱的哲学，在商市街看似温馨、和谐的水面下已经微波暗涌了。

红袖添香剪独窗

／

萧红与萧军

哈尔滨不眠夜

时间在我脚下流逝，陌生在我眼前闪烁，突然发现，我忘了回家的路。

1934年，处于日伪和伪满洲国统治下的哈尔滨，阴霾密布，硝烟弥漫。

他们为巩固统治，对境内的共产党员及抗日积极分子进行疯狂的屠杀。暗探像幽灵一般遍布在城市的角角落落，枪声和血腥随时刺激着人们绷紧的心弦。

《跋涉》遭禁，徐志被捕，朋友离去，凡此种种令萧红和萧军本就惊恐不安的内心更是濒于崩溃。

舒群从青岛发来的热情邀请，以及周围朋友的鼓励，让萧军和萧红终于下定决心，于农历的五月份离开哈尔滨，前往青岛，开始新的生活。

对于即将到来的离别，他们既兴奋又有些失落。兴奋着即将摆脱恐怖不安、提心吊胆的威胁，到一个新的世界，探索一切未知的新奇。

然而，离开自己双手搭建起来的温暖的家，离开他们患难相守的这间房子，他们又是很伤感的。这里有萧军借回铁床辛苦安放的回忆，有萧红围着铁炉烧木柈的回忆，有两人坐在床边吃黑列巴加白盐的回忆，这点点滴滴，都是他们美好的瞬间，对萧红来说，这是无比宝贵的财富，她实在是太舍不得了。

人生便是如此，无论情感多么脆弱，理智都会帮我们做出最后的决定。

萧红的身体似乎有些不济，哈尔滨春天的生机与活力也无法使她虚弱的身体幻化出青春的力量。

她收拾好早饭，欢快地打算着去江边、去公园感受春意时，肚子忽然莫名地痛了起来。

萧军请来一个治喉病的医生，没有办法确定病因，只能打了一针止痛针。

过了几天，病还没有好，还是疼，萧红只能躺在床上，想要出去看花开的力气也没有。萧军便从外面捧回一束鲜花，插在瓶子里，摆到桌上，还给她讲外面花开树绿的一番美好景象。

萧红急着想好起来，去看外面的春意盎然，可是一角钱也没有，想看病也不成。终于有朋友介绍说有一家面向穷人的不收钱的公共医院，萧红便挣扎着去了。

这大概是外国人办的一家诊所，看妇科的是一个穿着白衣裳的俄国女人。

排队的人很多，都是些贫穷的人，他们都是愁眉苦脸的，生活的贫穷本就让生活无以为继，还要承受身体上的疼痛和不便，实在是雪上加霜。

萧红去得晚，第一天没有看成，第二天又去，终于走进妇科诊疗室，做了检查，让第三天取药。

萧红觉得自己实在经不起折腾了，去一趟医院，病似乎也加重了，便再也没有去。

离开哈尔滨的日子越来越近了，萧红的疼痛减轻了，但身体还是比较虚弱。考虑到去青岛长途跋涉，很消耗体力，萧军便决定安排萧红到乡下的朋友家去修养几天。

萧红是极不愿意去的，但又不忍驳萧军的好意，再者，她的病似乎又有些重了，全身酸软无力，骨节都是疼的。

汽车穿过雨幕，在泥泞的道路上颠簸着，萧红第一次坐汽车，新奇的感觉让她一时忘记了自己的病痛。

乡下的日子对萧红来说是难熬的。

离开萧军的日子，她感到分外寂寞，听着窗外淅沥的雨声，感受着身体上忽冷忽热的痛楚，无法诉说的心酸，让她痛苦地几乎哭出来。

满园的梨花开了，落了，结了小果子了，萧红的病也好转了。

熬过一个星期，萧军终于来看她了，萧红像一个久别的孩子看着了父母一样，倍感委屈，噙着的泪几次差点落下了。

好几次萧红想和萧军一起回去，可是被萧军拒绝了，萧军担心的是回家后的萧红要操持家务，根本没有办法好好休息。

这是一个多么大男子主义的男人，他似乎从来没有想过自己承担家务，让萧红好好休养几天身体，却将照顾萧红的责任转嫁给了朋友。况且此时的萧军，并不是很忙，他完全有时间和能力承担起照顾萧红的任务。

病着的人，不仅需要安静良好的环境，更需要爱人的呵护和陪伴，将她置身于一个完全陌生的环境，足见萧军不仅自私，还很无情。

萧红是数着日子过的，她在自己的散文《十三天》里无奈地写下："我又被留下，窗外梨树上的果子渐渐大起来。我又不住地乱想：穷人是没有家的，生了病被赶到朋友家去。"可见，那一刻她的心里有多无奈。

萧军和萧红已经开始着手离开哈尔滨的安排了，他们要将辛苦置办起来的家具一件件卖掉。旧货商人挑剔地看着萧红翻捡出来的水壶、面板、水桶、饭锅等用具，吝啬地只出五角钱，生气的萧红大喊着"你走吧"，那些自己倍加珍惜的家具，竟然被旧货商说得一文不值。

即使有再多的不舍，最终都要离去，那些对萧红来说无比珍贵的锅碗瓢勺，还是成了旧货商人手里不屑一顾的破烂家具。还剩一把刻着萧军名字的宝剑，便送给了萧军的学生。

王家的孩子平时不怎么喜欢上课，及至趴在窗上看到他们在处理那些生活用品，便也猜出了他们的意图，练武的时候，举着大刀，流下了眼泪。

萧红和萧军对这一切更是不舍，这里是他们的家，有欢声笑语，也有伤心绝望，那些油瓶子、旧棉被、破袜子，还有没烧完的木桩上都有着他们抹不去的痕迹。

除了与这些朝夕相处的物件挥手告别，他们还要和一起共同战斗，帮助、鼓励过他们的那些朋友作别。

他们的俄语家教佛民娜是一个美丽善良的俄罗斯姑娘，听到萧红和萧军即将离开，很是不舍，还给萧军的米色围巾上绣了俄文"印度噶"，这是她曾经戏谑着给萧军取的俄文名字。

为了给商市街留下最后的回忆，他们还特意穿着自己最得意的服装，照了一张合影。

1934年6月10日，萧军和萧红在家里吃了最后的早餐——面包和香肠，依依不舍地推开商市街的门，说："走吧！"这一刻，萧红想起了1932年那个寒冷的冬天，萧军用冷得打战的手推开这扇门对她说"进去吧"时的情形，她的眼泪再也忍不住了。

饥饿让她低下头颅的时候，寒冷让不堪忍受的时候，病痛让她生不如死的时候，她都没有流泪，这一刻的离别却让她抑制不住自己的情感。

萧红应该是以告别祖父离世一般的心情，来告别自己在商市街的生活的，她可以承受一切身体上的伤痛，却无法承受情感的悲鸣。

这也不难解释，在缺衣少食哈尔滨街头流浪，在商市街忍饥挨冻的萧红都可以坚强地活下来，为何在物质富足之后，却迅速地颓败了。

疾病是一个方面，更主要的是失去爱情支撑的萧红，活下去的信念太薄弱了，没有了与病魔抗争的劲力，自然很快便被其打败了。

萧红怀着悲壮的心情走出了商市街那低矮的大门，她不敢回头，唯恐一转身，便再也没有勇气离开了，萧军在前面大步地走着，她像一个受气的小媳妇一般磨磨蹭蹭地跟在他身后，灌了铅的双腿一步步艰难地挪动着。

走过熟悉的中央大街，走过经常散步的公园，他们偷偷潜进天马广告社，那里，金剑啸、罗峰、白朗等几个牵牛坊的老朋友正在二楼等着为他俩饯行。

酒是别离酒，情是患难情。

战乱时代的每一次别离，再相见有可能是阴阳相隔，因而每一次的离别，便显得异常浓重，俨然生死之别。

1936年8月，正当萧红东渡日本，萧军滞留上海时，任《大北新报画刊》主编的金剑啸在哈尔滨被日本特务杀害，年仅26岁，这一场离别，对三人来说，便是永诀。

6月11日两人在朋友的帮助下，登上了离开哈尔滨的列车。

这是萧红第三次离开哈尔滨，也是她与故土的永别，从此，她踏上了一条异乡之路，也踏上了一段段流浪的征程。

此刻，萧军的心里也颇不宁静，哈尔滨可以看作他的第二故乡，他在这里完成了从武学之路走上文学之路的转变，在这里结识了与自己并肩战斗、共同跋涉的奇女子萧红，在这里认识了一群志同道合、可敬可爱的朋友们。

他也有别愁别绪，也有万千言语难以付诸笔端，最终只能化为那最后深情的一眼：别了，哈尔滨！

青岛，一座美丽之城

> 轻轻地我走了，正如我轻轻地来，我挥一挥衣袖，不带走一片云彩。

——徐志摩

离开哈尔滨，两人在大连稍作停留，萧军在朋友帮助下，以"刘毓竹"的化名买到了去青岛的船票。

刚登上日本"大连丸"的航船，还没有来得及适应船只在海上的晃动，和三等舱呛鼻难闻的味道，萧军和萧红便遭遇了海上特务的搜查。

那些身穿制服、斜跨手枪的水上警察和便衣，凶神恶煞地将两人围住，除了搜查，便是不断地盘问。

萧军离开时将《八月的乡村》的部分手稿及其他素材，甚至包括一些重要的抗日照片都随身携带着，如果在他们身上搜出这些抗日资料，无疑是落入虎口。

不紧张是不可能的，好在萧军有当过宪兵的经历，面对敌人的刻意刁难，他始终沉稳应对，将原本藏在茶叶桶里的资料偷偷转移到自己身上的风衣口袋里，躲过了特务的搜查。

紧张的萧红无助地望着萧军，暗暗替他捏了把汗，唯恐脾气暴躁的萧军，按捺不住自己的脾气，与他们争执起来。

看着警察和便衣离去的身影，两人暗暗松了口气。这惊险的一幕提醒他们，一路上切不可粗枝大叶，必要谨慎小心为是。

海风吹着夹板，呜咽的海浪拍打着船舷，暗黑的夜幕下，两个年轻的身影相互偎依着站立在甲板上。

夜晚的海面，并没有多少可以观赏的风景，眼前一望无垠的海面，却让他俩产生了对前路不可预知的惶恐。

萧军还好，他本就是一个热衷冒险的愣头青，不管前面是灾难还是危险，都可以无所畏惧地向前冲。

萧红就不同了，她喜欢安稳、平静的生活，厌倦战争下的颠沛流离，相对于从一座城市到另一座城市的流浪，她更喜欢郎种茶来，女织布的田园生活。

命运从不会因个人的好恶而改变自己的方向，对萧红来说，走出呼兰那个安稳的家，便选择了一条不得不去面对的辗转之路。

崭新的城市，未知的命运，让这两个怀着激动和忐忑心情的年轻人，久久难以入睡。

端午节的前一天，萧军和萧红乘坐的"大连丸"缓缓驶进了青岛港，站在甲板上的两人迫不及待地要踏上祖国的土地。

从1932年3月9日伪满洲国正式成立开始，哈尔滨便实际成了日本的殖民地，今日，他们踏上青岛，便意味着再一次回到祖国的怀抱。这对两个热血的爱国青年来说，有了一种别样的情怀——新生。

青山隐隐，绿水悠悠。不同的城市，却有着相同的水的柔情。热情的舒群夫妇已经在码头迎接他们，并将两人安排在舒群岳父家住下。

舒群年初来青岛，不久便认识了倪青华，两人因志趣相同，5月份便结为夫妻。

两个信仰相同、志趣相投的年轻男女，闪婚在当时看来也是一种流行，尤其受过新式教育的年轻人。只要彼此身份、地位及家庭环境差距不大，这样的自由爱情在当时是颇为人所羡慕的。

徐志摩与陆小曼，冰心与吴文藻，钱钟书和杨绛，沈从文和张兆和，当然也包括萧军与萧红。

然而，那些令人艳羡的伉俪，最终大多满足了人们对爱情的期许，能够长相厮守，白头到老，遗憾的是萧军和萧红却落得个劳燕分飞的结局，不禁令人叹惋。

没过几天，萧军和萧红便搬进观象路一号，一座石砌二层小楼里。

舒群帮他们租好的房子，位于观象山上，背山面海，景色宜人，不久，舒群夫妇也搬到了这里。四个人的生活，热闹而有趣，他们一起享受海滨的美丽风景，一起畅谈国仇家恨的灾难。

萧红偶尔也会因周围其他租客的粗鲁和愚昧而抱怨，却不忍离开这与海比邻的惬意之所。

后来，经舒群介绍，萧军加入了孙乐文主编的《青岛晨报》任副刊主编，化名"刘钧"。

有了稳定的工作，萧军和萧红的生活便步入了正轨，比之哈尔滨的穷困潦倒，观象山的生活就是浸了蜜一般。

热情、活泼的倪青华很快便与萧红熟识起来了，女人之间的私密话题，让她们彼此更加亲近，她俩时常一起下厨做饭，等着萧军、舒群回来，共进晚餐。

有爱情的滋润，有友情的温暖，萧红的烦恼也如秋日的枯叶一般慢慢褪尽了，多病的身体也开始丰润起来了。

她也有了一个幸福女人的生活。

不久，观象山的海边小屋迎来了一个新的朋友，《青岛晨报》的编辑张梅林，一个和萧军、萧红一样，热爱文学，崇拜鲁迅的青年。

三人因着相同的兴趣和秉性，关系越来越密切，一起相处时便称呼张梅林为"阿张"。

　　张梅林也是一个豪爽、率真的人，两男一女的相处竟也是分外和谐。

　　他们三人一起去菜市场买菜，在树木葱郁的观象山上散布，去海滨公园放声歌唱《囚徒歌》，到海滨浴场去洇水。

　　回到家，萧红便用平底小锅为他们烙葱油饼，烧俄式大菜汤。

　　此时的萧红，已不再是商市街那个连白饭都做得半生不熟的新手，经过生活的磨砺，她已经精进成一名能翻新出各式花样饭食的巧妇。

　　她的葱油饼让张梅林在时隔四十几年后依然记忆犹新，回味无穷。

　　萧红虽不善洇水，却很喜欢这样的玩乐。她喜欢站在海水里，捏着鼻子，慢慢沉到水底，在里面俯仰扑腾一番之后，回身问张梅林，她是不是已经洇得很远了，而坦率的阿张则毫不避讳地拆穿她的把戏。

　　萧红，其实也是一个可爱的女子，我们不要忘了此时的她，也不过是一个二十三岁的小姑娘。

　　萧红和萧军之间还有一个小小的情趣，互换穿衣。说这是情趣，不过为着好听，实在是迫于无奈。住在商市街的时候，萧红穷得置办不起衣服，有时便穿着萧军的大棉袍、男人裤。

　　青岛的生活有所好转，两人这一习惯却没有改变。

　　夏天的时候，萧军穿一件绣边衬衫、短裤，脚上是一双草鞋，头上戴一顶毡帽，腰上还束着腰带。萧红则旗袍下穿着一条男人长裤，显得不伦不类。

　　到了秋天的时候，她就换上黑裙子，自己穿过的长裤则转移到了萧军的身上，萧军出门买菜时，也会披上萧红那件米色、下围有着红绿的毛线衫，可见，两人在身高和体形方面相差不大。

　　电影《黄金时代》中冯绍峰扮演的萧军，给观众一种错觉，以为萧军身材颀长，英俊潇洒，很有一副富家公子的落拓不羁。

　　现实版的萧军实际只是一个身高一米六几，长相普通的文艺青年，用一个女学生的形容来说，便是小眼睛、短腿肚、头发蓬松，这样的相貌实在与英俊潇洒有些沾不着边。

他之所以受漂亮女性的青睐，凭的是他的才情和能说会道。

寒冷的秋冬时节，萧红的身体似乎也承受不住这海滨的风，她开始咳嗽了，这咳嗽似乎不是偶尔的一两声，毫不间断地咳嗽，像要抽干她身体的最后一丝气息。

这一场景在苏菲的《记萧红》一文中提到，当时就读于青岛山东大学的苏菲，一次去拜访萧红，看到她正蹲在阶石上生炭风炉，边吹风，边咳嗽，苏菲建议萧红买点杏仁露来吃，萧红无奈地表示没有钱。

萧军买菜回来，两人一起生火做饭。萧军还将自己身体的强壮和萧红的病弱比较着向苏菲埋怨，而那时苏菲想的是，萧红这样的身体是应该吃鱼肝油，住疗养院的。

萧红的身体是积劳成疾，贫穷时付出了健康，富有时，却无心在意，便水滴石穿，不可逆转。对萧红的病，萧军的关心太少了，他只有在萧红疼得动都动不了的时候，才会想着去请医问药，偏偏那时还穷得身无分文。

等到稍微有些闲钱，病痛减弱的时候，就只想着吃喝游乐，而忽略了身体的病痛。萧红自己为了节俭而不在意，萧军若是能多加关心，及时督促的话，也不至于落得个一代才女英年早逝。

萧军后来形容他与萧红，用的是"犍牛"与"病驴"，还不无冷漠地说"不是拖垮了病驴，就是要累死犍牛"，可见，他对萧红的病弱不但没有怜惜，还嫌弃其拖累自己。

夫妻若不图老病无依时的相互扶持，又何须在青春鼎盛时为彼此劳心费力。

不爱，所以嫌弃。

不论以后的发展如何，但青岛观象山的日子却是萧红一生短暂的三十一年里颇为幸福的时光，最重要的是，在这里两部现代文学史上的经典之作诞生了。

两部名著的诞生

人的天赋就像火花，它既可以熄灭，也可以燃烧起来。而逼使它燃烧成熊熊大火的方法只有一个，就是劳动，再劳动。

——高尔基

平静无忧的生活，让萧军和萧红可以将更多的时间和精力投入到他们所热爱的创作中去，为水深火热中的国家和人民，尽一份自己的绵薄之力。

萧军在哈尔滨时，已经开始创作他的长篇小说《八月的乡村》，且在《跋涉》出版时，也在其扉页上登了预告，可见他对这部小说的完成是势在必行的。

萧军担任《青岛副刊》主编，工作之余，除了发表在其上的一些散文短篇外，剩下的大多时间便继续着手《八月的乡村》的创作。

萧红这一时期也担任了《新女性周刊》编辑，工作、操持家务之余，她在哈尔滨时发表的《麦场》《菜圃》的基础上，进行后续篇幅的撰写。

两个人有各自的目标，也非常勤谨，尤其是萧红，她的时间似乎真如鲁迅先生所言，是从海绵里挤出来的。白天是陀螺一般停息不下来地忙碌，夜晚便是他们绝佳的创作时间。

笔在宁静的夜晚，发出沙沙的响声，观象山的小石屋里，还透出一点隐隐的灯光，灯下两个青年正埋头奋战，他们有时凑在一起，不时发出一点低低的声音，似在争执，又似相商。

大多时候，则是互不干扰，各自笔走如飞。

萧军后来提到这段时光，不无感叹地说："每于夜阑人静，时相研讨，时有所争，亦时有所励也。"

足见，当时那种相互促进、共同进步的气氛，还是给他留下了美好的印象。

萧红不愧是一个天赋极高的作家，在这样生活的间隙，竟然很快就将这部日后红遍大江南北，甚至远销海外的十几万字小说完成了。

9月9日，小说全文完稿，一时没有想到合适的名字，便暂命名《麦场》，便是以后的《生死场》。

这部小说描写了"九·一八"事变前后，哈尔滨附近的一个偏僻村庄里人们所经历的种种苦难以及他们与命运顽强斗争的场景，或者坚强的生，或者挣扎着死。

因为抗战的背景，以及小说中处于苦难中的人们对于被压迫者的愤怒和抗争，这部小说，在现代文学史上被认定为是抗日题材的经典小说。

然而，我们现在读萧红的《生死场》，会发现，日本侵略和封建势力的压迫、残害，只是加诸那些苦难者身上的两种罪恶，命运不幸者还有可能要承受疾病、身体缺陷，周围同胞甚至亲人给他们带来的身心伤害，一个人可以承受多少命运的嘲弄，可以一次次在苦难的漩涡里翻转，然后被浪冲卷到岸边，再重新开始。

正如余华《活着》里的富贵，接二连三的灾难扑头盖脸而来，作为一个普通人，他凭自己顽强的生的力量，依然倔强地活着。

萧红那力透纸背的文字后面，是对人性、对思想解放、对自由和梦想的向往，是对生活在苦难中的东北老乡最浓烈的敬与爱。

完成了人生中第一部大篇幅的作品，萧红异常的兴奋，她将自己的作品拿给萧军看，听取他的意见，还给前来探访的张梅林朗诵其中的一些文字，并很认真地听取他的评价。

张梅林也感觉到萧红这部作品的细腻和大胆，对其给予了充分的肯定，同时也提出了整体结构看起来有些闲散，缺少有机联系的问题。

萧红和张梅林兴致勃勃地探讨《卖场》，一旁忙着写《八月的乡村》的萧军，心里有些着急了，萧红起步晚，竟然比自己还写得快，他不服气地走到书架前，抽出自己的底稿，炫耀似的拿给两人看。

小说完稿之后，萧红用绵薄纸将它都做重写誊抄并复写。她怀着雀跃的心情将自己不甚端正的书稿，工工整整地誊写下来，字里行间浸透着她的心血。

萧军也替萧红高兴。

萧红能走到今天，在文坛上稍有名气，与萧军的拯救和提携、鼓励是分不开的，萧红的成长和进步，就像是萧军自己的一样。

激动的萧红和萧军也不确定这部小说成功与否，想请大师级的人物鉴定一下，便想到鲁迅先生。鲁迅是萧红中学时代的偶像，她受其影响较大，无论是文章内容还是思想，都颇有鲁迅之风。

萧军对鲁迅也是崇拜不已，只因小人物与英雄之间的距离太遥远，从未想过与之交结，萧红的新作，让两个年轻人心里产生了一个大胆的想法，尝试给鲁迅先生写信。

正好萧军的朋友孙乐文曾在内山书店见过鲁迅，便建议他们写信给内山书店并请转交鲁迅先生，而且建议为了避免被怀疑，可以通过荒岛书店收发信件。

1934年10月初，一封署名萧军的书信，怀揣两颗青年惴惴不安的求教之心，从青岛发往上海内山书店。

他们在信中谈了一下写作中的一些困惑，还有请教鲁迅当前需要什么样的文章，当然，在信的结尾部分，问鲁迅愿不愿意抽空看一下萧红的小说，并提出些批评意见。

信发出后，萧军和萧红虽然并没有抱太大的希望，且不说鲁迅能否收到这封信，就算收到了，也不见得有空闲的时间回复，但他们还是期期艾艾地等待着。

让两人感到惊喜的是，他们很快便收到了鲁迅的回信。

在这封对萧红和萧军的命运具有转折性意义的书信中，鲁迅回复了萧军的问题，也表示愿意看萧红的小说，还细心地提醒他们寄挂号信，以免遗失。

萧军在后来的回忆中，这样形容他和萧红收到这封信时的心情：

我把这信和朋友们一起读了又读；和萧红一起读了又读，当我一个人留下来的时候，只要抽出时间，不论日间或深夜，不论在海滨或山头……我也总是把它读了又读。这是我力量的源泉，生命的希望，它就和一纸"护身符录"似的永远待在我身边！

这些语言自然有夸大的成分，然而两人激动的心情自不待言。

收到鲁迅的复信后，萧军和萧红做了充分的准备，他俩将萧红《麦场》的复印稿和一本从哈尔滨离开时冒着生命危险带来的《跋涉》都邮寄了出去。为了让鲁迅对两人有一个初步的认识，还寄去了一张他俩的合影。

就是那张他俩离开哈尔滨前，萧红扎着两条短辫子，上面扎着紫色的蝴蝶结，萧军穿一件俄国"高加索"式绣花亚麻布衬衫拍摄的那张照片。

挂号信寄出去以后，在等待鲁迅回复的这段时间，观象山的平静生活被迫突然中断了。

国民党特务对青岛的中共党员以及亲近共产党的进步青年展开了逮捕和杀戮。

国民党的突然发难，令青岛的共产党员和进步人士猝不及防，舒群夫妇也被捕了。

萧军和萧红虽不是中共党员，但也不免要受牵连，于是二人打算尽快离开青岛。

10月22日，萧军的《八月的乡村》也正式完稿了，由于时间仓促，一时也来不及修改、誊写。

这部十二万字的小说，为我们展现了共产党领导下的一支抗日游击队，在转移过程中，与敌伪军队、地主武装势力等进行激烈斗争的顽强拼搏精神，以及他们不做亡国奴，誓死保家卫国，争取民族解放和自由的献身精神。

萧军的《八月的乡村》是一部不折不扣的抗日名作，以小说的笔触为历史还原了那血与火的战争时代里，革命者的崇高精神。

至此，萧军与萧红的成名之作，终于在他们离开观象山石屋前落下了帷幕，也为中国现代文学的宫殿，涂上了一份斑斓的色彩。

萧红的《生死场》与萧军的《八月的乡村》，高下立见。然而文学更是人学，读者阅读文章，除了文本体验之外，还要关注背后的作者。

萧军救萧红于危难之际，爱其有孕之时，这份侠肝义胆，赤诚挚爱，令后世人记住萧红的同时，自然也不会忘记，拯救她、提携她的萧军，这对曾经同患难、共命运的爱人，相互扶持，相互勉励，才写下了见证他们爱情传奇的两部传世之作。

流浪，去来匆匆

有一段时光，沉淀在记忆深处，历久弥新。有一座城，我来过，便再也不曾远离。

——萧红

一段旅程不在于长短，只要路上有迷人的风景，同样可以闪烁耀眼的光芒。二萧的青岛之行，从1934年6月15日踏上青岛的土地，到11月1日离开，只有短短的一百多天。

这一百多天的时间里，萧红完成了她的成名作《生死场》，萧军完成了他一生最著名的长篇小说《八月的乡村》，两人还有幸和他们的革命导师鲁迅建立了初步的联系，这些，都为他们以后成为文坛名将打下了良好的基石。

然而，有些看似偶然的不幸，却有可能成就必然的幸运，正如古人所说的"祸兮福之所倚，福兮祸之所伏"。

青岛时局的紧张，对二萧而言，便是祸福相倚。

中秋节当天，舒群携妻子回岳丈家过节，突遭横祸，舒群夫妇与倪家兄弟一起被捕，幸而萧军临时有事，未能与其同行，躲过了一劫。

不久，孙乐文中共身份暴露了，《青岛晨报》也面临停刊的境地。萧军因与舒群等中共地下党交往甚秘，自然也在被搜捕之列。

很快《青岛晨报》同仁各自离去，唯余萧军夫妇和张梅林三人留守。

失去经济来源的三人，空守着报馆里所剩无几的一些家具。他们找来一架独轮车，将报馆里的两三副木板床和木凳等物拉到街上去卖，萧红甚至觉得连门窗也应该拆下来卖。

10月底的一个晚上，孙乐文约萧军见面，并交给他四十元钱，令他们赶快离开，青岛已非可留之地。

萧军和萧红、张梅林商量之后，三人便决定去十里洋场的上海寻找出路，更关键的是那里有他们崇拜的导师鲁迅先生。

萧军当晚提笔给鲁迅写信，告诉他即将离开青岛奔赴上海的消息，并嘱咐他千万不要回信。

11月1日清晨，萧军、萧红和张梅林三人躲开国民党特务的监视，悄悄离开了青岛，他们搭乘一辆名为"共同丸"的日本轮船，向上海驶去。

底层船舱里扑鼻的咸鱼味和潮湿的发霉味，并不影响三个人的热情，他们席地而坐，畅想着上海的繁华和现代。

从哈尔滨到青岛，再到上海，萧军与萧红一路南下，看似在逃难，然而每一次的逃离和扎根，又迎来了新的生机，且一步一步走得更矫健。

他们逃离东兴顺旅馆，住进了裴馨园家，逃离裴家，又搬到商市街，认识了牵牛坊的好朋友，逃离哈尔滨，又在青岛结实了鲁迅。

艰难的挣扎之后，等待他们的往往是风雨之后的彩虹。这其中有二萧自己的努力，然而也少不了舒群等一群挚友的扶持与帮衬。

二萧的文学生涯，不唯有爱情，更有友情。

第二天，轮船便抵达了上海。

与初次到达青岛时的心情不同，那时萧军和萧红激动，是为自己终于摆脱亡国子民的身份，重新扑入祖国母亲的怀抱而激动、兴奋。

来上海，两人已经没有之前的惶恐和激动，有的是对这座中国最发达城市的新奇，他们渴望尽快融入其中，在繁华与喧嚣之外，寻找到一份属于自己的宁静。

萧军三人先在一家廉价的旅馆落脚，然后分头寻找长久的住处。

张梅林搬到朋友租住的花园别墅的一个亭子间里暂住，而萧军和萧红则在法租界拉都路283号，一间杂货铺后面租到了一个大亭子间。

安排好住处，萧军便赶紧给鲁迅先生去信，告知他俩已经来沪，并在信中提出见面的请求。

二萧迫切地想要见到鲁迅先生，一方面是出于对偶像的敬仰，另一方面，他们也把先生作为自己在陌生城市唯一可以依靠的熟人，虽然他们不曾谋面，但来自文学力量的信任却胜过了一切形式的具象。

他们所选的住处已近郊区，房租相对便宜，周围还有大片的菜园和棚寮，萧军他们的窗外便是一片绿油油的菜园。

萧军用9块钱付了一个月的房租，又买了面粉、购了炭炉，还有木炭、碗筷、油盐等生活必需之物，当然也少不了萧红喜欢用的木柄平底锅。

买完这一切之后，孙文乐临走留给萧军的四十块钱就只剩下一点了，他俩要靠这点钱熬下去。

张梅林建议他们去馆子里吃饭，庆祝他们来到人间天堂的上海。

萧红则揶揄道："你算了吧！"他们刚刚落脚，还有很多花钱的去处，怎么敢随便将钱用在吃吃喝喝上。

结果，那天他们三人吃着萧红的烙饼，就着牛肉青菜汤，也是别有一番风味。

吃完饭，三人一起去领略大上海的繁华风貌，他们沿着狭小的南京路，广阔的西藏路，秀丽的霞飞路，一路走下去，边走边看，有时还指指点点。那些高档的娱乐场所，豪华的"环球百货"，三人是绝不贸然进去的，只在永安公司的楼下转了一圈。

萧军指着高贵的法国香水，戏谑萧红道："你买它三五瓶罢。"

萧红则还击说自己一辈子都不用那有臭味的水。

萧红此语有赌气的成分在内，更多的则是其真性情的展露。

年轻的萧红，照片上留给后人的一直是那样一副简洁、朴素的装扮，如她的文笔一般清丽脱俗，如她的人品一般至真至纯。

安定下来的萧军和萧红，开始静下心来进行写作，像在青岛观象山一般，他们规定好工作的时间，按时休息的时间，以使自己保持充沛的精力。这大概也和萧军在军事学校受过几年专业的训练一样，他已经习惯将生活安排得军事化。

11月4日萧军便收到了鲁迅先生给他的回信，信中提到从青岛寄出的书稿和信件均已收到，对萧军提出的见面事宜，则以布置约会一类的事情颇为麻烦而推辞了。

这对满心期待的萧军、萧红而言，无疑是一盆冷水兜头而来，心底的失望也难以掩饰。

一对满怀激情的年轻男女，初次来到陌生的大上海，人生地不熟，又没有亲戚、朋友可以投靠，唯一的精神支柱，与鲁迅先生会面，又显得遥遥无期，自然有些浮躁。

萧红催促萧军趁着这段空间时间，可以将《八月的乡村》修改、校正一番，等到与鲁迅先生会面，也有机会请他指点一二。

萧军此时的心情或许不太好，找不到发展的出路，加之生活的压迫又日趋紧张，之前信心满满的文章，此刻看来，却是越看越不满意，有时想一把火烧掉。

好在有萧红的安慰和鼓励，萧军最终将书稿整理了出来。然后，萧红用日制美浓纸将十几万字的书稿一字一字地抄写了下来。

美浓纸是日本的一种印书纸，纸质洁白，纸纹也很细腻，价钱自然也要贵一些。然而，为了爱人的心血之作，萧红是不惜成本的。

上海的冬天，屋里的温度比外面也强不了多少，萧红的身体又一直病弱，何况萧军的字笔走龙蛇，在微弱的灯光下，也不见得好辨认，萧红便是在这样艰苦的条件下，披着大衣，流着鼻涕，时不时搓着冻僵的手指，将萧军的《八月的乡村》抄写完成了。

《跋涉》出版时，是萧红逐字逐句抄写而成的，《八月的乡村》还是她一字一句地抄写出来的，她对萧军的珍爱，从这字里行间便可以窥见一斑。

最后一次去北四川路底的内山杂志公司买纸时，他们已经身无分文，萧红便将自己喜欢的一件旧毛衣拿去当了七角钱，交给萧军去买纸。

内山杂志公司距离他们比较远，但只有那里才卖美浓纸，这仅有的七角钱用来买纸，便没有了坐车的钱。

萧军身体强健，便决定走着去，十几里的路程，萧军硬是拖着一双不跟脚的皮鞋走了个来回。回到家时，双脚已是又红又肿，还流血了，看得萧红心疼不已。

上海是萧红一生最无奈的一座城市，她收获了一代才女的荣誉，却失去了最看重的爱情。她结识了一生最崇敬的长者——鲁迅先生，再次享受到了祖父般的爱和温暖，却也遗憾没能送他最后一程。

上海也是萧军最得意的一座城市，《八月的乡村》的出版，让他一夜成名，最终奠定了他在中国现代文学史上的地位；与鲁迅的相识，让他成为"左翼"文学阵营的一员战将，也为他以后的人生铺平了道路。

如果没有《八月的乡村》，萧军可能真的只能以一代才女萧红的情人之名被文学史记住。

人生得意马蹄疾

/

萧红与萧军

困窘中书信相交

和朋友谈心，不必留心，但和敌人对面，却必须刻刻防备。

——鲁迅

随着最后一勺面粉的逝去，萧军和萧红又一次陷入了生活的困窘。

全然陌生的城市，身无分文的处境，以及一片混沌的前景，令两人焦虑万分。向朋友求助，也是远水解不了近渴。

无奈之下，俩人只能向鲁迅发出求救信。在11月13日的去信中，萧军极为尴尬地提出暂借二十元钱以解决眼前的生计问题，还提到希望鲁迅帮忙介绍一份临时工作的请求。

写这封信，两人应该是犹豫了很久，也是在实在无法可想的窘境下，鼓足了勇气才提出这样在他们看来有些不齿的要求。

其实，在这之前，二萧与鲁迅已经有了多次的书信往来，二人在信中的态度也不如开始那般拘谨。萧红有时还会孩子气地提一些看似不可理喻的要求，而鲁迅对他们也难得地宽容、慈爱。

萧军在11月4日收到鲁迅回信，信中鲁迅表示不能立即见面时，萧军也颇为失望，但他有不达目的誓不罢休的"拼命萧军"精神，在当天的去信中，又一次提到了见面的请求，还关心地询问先生的身体有没有好转。

鲁迅的回信再一次拒绝了萧军见面的请求，这让萧军和萧红倍感失落。

当时鲁迅先生的处境也比较危险，时刻处于国民党特务的监视之下，与人接触，他都是谨小慎微，更不要说两个全然陌生的人。鲁迅也不是完全不在意二萧的要求，他还托胡风去打听他俩的情况。

之前写信，两人都是以萧军的名义书写，鲁迅先生回信时，也以萧军的名义回，只在信尾附上："令夫人均此致候"或"吟女士均此不令"等字样。

在11月7日，两人给鲁迅先生的信中，萧红对这种称呼方式表示不满，她嫌"夫人""女士"的称呼有"布尔乔亚"气，就是带有资产阶级贵族性质的味道。

萧军也对自己"先生"的称呼表示质疑，认为鲁迅比他年长，不该如此称呼他。

我们今天来看这封信，用流行的一个字形容，那就是"作"。萧红和萧军这种近乎玩闹的抗议，某种程度上是为了吸引鲁迅先生的眼球，就像一个孩子为了引起父母的关注，常常会更淋漓尽致地发挥自己的调皮捣蛋。

或者是为了消解和鲁迅先生之间的严肃气氛，特意营造出一点轻松的话题。

不得不说，这一方法果然成功，一向言简意赅的鲁迅先生，在11月12日给两人的回信，可以用长篇大论来形容，还就萧红提出的不满，给了一种玩笑的反击。

> 　对于女性的称呼更没有适当的，悄女士在提出抗议，但叫我怎么写呢？悄婶子，悄姊姊，悄妹妹，悄侄女……都不好，所以我想，还是夫人太太，或女士先生吧！

这样幽默的回应，与一本正经的鲁迅先生联系起来实在有些令人难以相信。

为了表示自己的诚意，他郑重地将此信的称呼改为"刘、悄两位先生"，结尾用了"俪安"两个字，还不无孩子气地在其旁边写了一行小字"这两个字抗议不抗议"，并用一个斜箭头指向"俪安"两字。

萧军和萧红的玩闹，似乎引发了鲁迅先生的童心。

有些研究者对鲁迅和萧红的密切交往，产生了一些质疑，认为他俩关系不纯，连身为当事人的萧军也言之凿凿地说出二人"不是一般的关系"的言论，更佐证了研究者的猜想。

鲁迅对萧红的好无可厚非，从上面这封回信便可以推知一二，缘何鲁迅会对萧红另眼相看。

最重要的一点是"真"。萧红是一个真性情的女子，她敢爱敢恨，敢说敢做。试想一下，哪一个籍籍无名的小角色，会在面对大人物时，把自己心中的真实想法直白地拿来抗议呢？要么是毕恭毕敬的请教，要么是客客气气的恭维，只有萧红敢于这样和鲁迅说话。

对于鲁迅先生来说，他也很享受这样毫不防备的对话，他打笔仗打得自己也厌倦了那种尖酸犀利的讽刺，而和二萧这般亲切随和地交流，让他可以揭下面具，从容的呼吸。

收到鲁迅这封非但没有愠怒，还颇为和蔼可亲的回信，萧军和萧红才终于长长地舒了一口气，这才敢大着胆子，提到了借钱和工作的事情。

11月17日，萧军二人终于收到了鲁迅先生的回信，信中，他提到了自己的身体状况，还不无幽默地安慰俩人，"要死的样子一点也没有"。给萧军介绍工作的事情，因和别人没有交际，鲁迅先生表示爱莫能助，借钱的事情，他很爽快地答应为他们准备着。

收到鲁迅的回信，两人欣喜不已，话也多了起来，在19日给鲁迅的信中，便如同打开话匣子一般，接连提出了很多问题。这让鲁迅一时难以回复，毕竟笔墨再多也不能穷尽其意，于是他回信说："许多事情，一言难尽，我想我们还是在月底谈一谈好，那时我的病该可以好了，说话总能比写信讲得清楚些。"

收到这封信，萧军和萧红几乎兴奋不已，两人期盼已久的愿望终于要实现了。当然，也有生计问题即将解决的轻松。

鲁迅是二萧在上海无所依靠时，唯一的精神力量，鲁迅写给他们的每一封信，两个人都如获至宝，小心翼翼地收藏着，茫然失措时，便拿出来反复诵读，似乎这些书信能给他们指明方向一般。

他们也在给鲁迅的信中，将自己的生活、思想、疑虑，事无巨细，一一向他汇报或询问。如萧红就在信中问过鲁迅与谁一起生活，是否像别人所说的一般喜欢壁虎的私密话题。萧军则告诉鲁迅，自己会几句俄语，在霞飞路上散步时，遇到俄国人便想上前搭话等生活琐事。

鲁迅先生对他俩的提出的问题也是一一回复，并未觉得有何不妥。对于萧红提到和谁住和壁虎的问题，他说了上海家中有女人和孩子，而母亲现住在北京，至于壁虎，则幽默地说："大蝎虎也在北京，不过喜欢蝎虎的只有我，现在恐怕早给他们赶走了。"

鲁迅和妻子许广平以及儿子海婴生活在上海，而他的原配妻子朱安和母亲则生活在北京，这不为人所知的隐私话题，鲁迅也毫不避讳地告诉了萧红和萧军，足见他确实把二人当做朋友相待。

萧军提到与俄国人交谈的事情，鲁迅则赶紧在信中提醒他，霞飞路上的俄国男女，大多是白俄，他们之中不少人以告密为生，切不可与之交流，以防惹出麻烦来。

这些情真意切的交流，既有二萧对鲁迅先生的信任，也体现了鲁迅先生对他俩的真诚和关心。他们之间虽然有着二三十岁的年龄差，却可以如知己一般，以诚相待，以心相交，这不得不说也是鲁迅的大师魅力所在。

短短的十几天时间，萧军和萧红几乎是每天一封地给鲁迅写信，他们也先后收到了鲁迅的六七封回信，若不是因病体虚，他们的来信，鲁迅几乎是要每封都回复的。

两人也曾想象过鲁迅的真实面貌，想象过与鲁迅会面的可能场景，但那只能停留在他们两个人自己的世界。现在，鲁迅先生答应要与他们相见了，这切切实实的事情要发生了，两人反而有些不知所措。

他们开始计算月底的日子，猜测着见面的时间、地点，包括见面后的情形，甚至连见面后要说的话也是想了又想，有时两人还为此争吵起来，各不相让。

11月底，萧军和萧红终于等来了鲁迅的邀请信：

刘

先生：

吟

　　本月三十日（星期五）午后两点钟，你们两位可以到书店里来一趟吗？小说如已抄好，也就带来，我当在那里等候。

　　那书店，坐第一路电车可到。就是坐到终点（靶子场）下车，往回走，三四十步就到了。

　　此布，即请

迅上

十一月二十七日

收到这封安排好了时间、地点的会面邀请，萧军和萧红揣着的心也踏实了下来，不用再去想象会面的场景，只需在约好的时间，去内山书店与鲁迅先生相会即可。

内山书店坐落在北四川路底一条横街的北侧，向南，正对着大街。萧军之前买美浓纸时来过此地，并不生疏。

鲁迅与二萧的初次见面，也是现代文学史上极具历史意义的一次会面。正是有了鲁迅的提携和推荐，二萧在上海的发展才会顺风顺水，才能迅速跻身文学大家的行列，才能成为左翼的一员，也才能成就他们的黄金时代。

与恩师初次相见

只要能培一朵花，就不妨做做会朽的腐草。

——鲁迅

1934年11月30日午后，一对年轻男女，忐忑地推开内山书店的黑漆大门，睁着两双好奇而探寻的眼睛，四处打量着。

这时，一个个子矮小、脸色苍白、身形瘦削的男子，手里拿着帽子，腋下夹着小包袱走了过来，他走得很慢，每一步却走得很踏实。

"您是刘先生吗？"他客气地问道。

这是萧军和萧红见到鲁迅先生的第一印象，与他文章中的铿锵有力截然相反，这是一个衰老而病弱的人，他们不敢置信眼前的人便是他们要会见的文坛宿将，及至看到他那深邃的眼睛，直立的头发，还有那慈祥而温和的面容，才从震愕中回过神来，这的确就是鲁迅先生，只有他才会以如此之尊礼待两个年轻的小辈。

他们跟着鲁迅先生走出内山书店，穿过一条马路，又走了一会儿，推开一家外国人开的咖啡馆的玻璃门，在一个安静的角落坐了下来。

咖啡厅高耸的靠背，和午后稀落的客流，让他们可以安静、放心的畅谈。率真的萧红等不及落座，便睁着那双小鹿一般惶恐的眼睛四处张望着，并问道："怎么，许先生不来吗？"

萧红不仅盼望见着鲁迅，也同样渴望见着与自己命运、性格颇为相似的许广平，她们虽然相隔千里，然而其人其事，却让她对这个素未谋面的女子产生了知己一般的敬爱，迫切地想要见到她。

萧红后来时常去拜访鲁迅，既是冲着先生的睿智与深刻去聆听教诲，也有和许广平谈心交流、疏散心中烦闷的因素。这对夫妻都是她心底最可亲可敬的人，对于缺乏父母之爱的萧红而言，鲁迅夫妇对她如父如母。只可惜许广平并不比她年长太多，她无法体会这种情感，对萧红的频频到访，反而会产生一些厌烦的情绪。

"他们就来的。"鲁迅浙江味的普通话自然无法与东北口音的字正腔圆相比，萧红听起来似乎有些吃力，正在她迷惑之际，海婴已经蹦跳着窜了过来，身后便是一头短发，穿着朴素的许广平。

萧红大概是听谣传说许广平是交际花，还在与鲁迅通信时问过此事。及至见面，才知谣传不可信，也在心里难过，那些人竟将先生污蔑到这般地步。

海婴大概是看到萧红梳着两根小辫子，便以为和他相差不多，扑过来便去拉她的头发和衣服，拽着她要陪自己玩。

那时候的萧红二十三岁，海婴把她当大姐姐也在情理之中，只是三年贫病生活的磨砺，让这个本该笑靥如花的女子，早生华发。

许广平也知道"何必多问，不相称的过早的白发衬着青春的面庞，不用说就想到其中一定还有许多曲折的生活旅程。"萧红便只简略地提了一下从家庭出走的抗争。

萧军向鲁迅先生介绍了他们从哈尔滨出走，以及到青岛后的发展，谈到了日本占领哈尔滨后的百姓的疾苦，以及东北热血志士的反抗与斗争，说到激动处，他涨红的脸庞，握紧的双手都展现了自己的愤怒。

鲁迅为了让二萧了解上海的时局，也向两人介绍了上海反动当局对左翼作家的迫害和杀戮。

血气方刚的萧军听后，怒不可遏地申诉道："我们不能像一头驯顺的羊似的，随便他们要杀就杀，要抓就抓……我们准备一支手枪，一把尖刀吧！"

鲁迅看出这个鲁莽的青年确实有一颗赤诚之心，正是当前这样的文学界所热切需要的，但不希望看到他因冲动而丧失生命。鲁迅一直以来都小心翼翼地保护着自己，为的就是保住一点反抗的力量。对萧军也是如此。

"你不知道，上海的作家只能拿笔写，他们不会用枪……"鲁迅的话显然是有深意的。

当时上海的作家一部分沉溺于纸醉金迷的文字享受，或者便是避开时事，醉心于自我世界的抒发，只有一小部分作家还在为着国家的灾难和自由苦苦挣扎。

鲁迅自然是希望二萧能够像自己一样，用"枪"一般的战笔，与敌人坚持不懈地斗争下去。

临别时，鲁迅将萧军和萧红写信求助的二十元钱放在信封里给了两人，听到他们已经困窘到连坐车回家的钱也没有了，便将衣服口袋里大大小小的银角子和铜板都留给了二人。

萧军这个东北大汉看到颤巍巍的先生从衣袋里搜索着零钱，泪水也禁不住噙满了眼眶，他为鲁迅先生的仗义伸手而感动，也为自己情非得已的求救而感到羞耻。

萧军将萧红复写在美浓纸上的《八月的乡村》的手抄稿交给了许广平，这本寄托着他们两人心血的手稿能否等到文坛的认可，关键就等鲁迅先生的评价了。

出门时，许广平拉着萧红的手，伤感地说："见一次真是不容易啊！下一次不知什么时候能再见！"

鲁迅在旁边低低补充了一句"他们已经通缉我四年了"。萧军和萧红听后十分心痛，为先生危险的处境，也为他冒险与自己会面痛心。两人便在愧疚与自责中登上了回城的电车。

萧红一路上回想着先生穿着的胶皮皮鞋，黑得不正宗的单薄的棉袍子，还有光裸的连围巾也没有的脖颈，她更后悔自己为了省钱，抄写手稿时，字写得太小，定会让先生看得很费力。

萧军则为自己年富力强却伸手向先生要钱而感到羞愧。两个年纪轻轻的人却向一个衰弱的老人伸手乞食，在萧军看来这简直就是吸血。他们都没有意识到鲁迅已经这般衰老。

回到家后，两人在给鲁迅先生的信中，反复表达了自己的愧疚和不安，也对鲁迅的身体健康颇为忧虑。

这初次的会面，萧军和萧红给鲁迅夫妇留下了很好的印象，他们热诚、真切、率直的性格，令鲁迅对他俩另眼相看，为解决两人目前所处的困境，他不惜动用了自己的人际关系，这在不喜交际的鲁迅而言，是难能可贵的。足见他对二萧的器重，也为以后，萧红、萧军成为鲁迅的得意门生奠定了基础。

12月18日，萧军和萧红收到一封来自鲁迅夫妇的邀请信：

刘

先生：

吟

　　本月十九日（星期三）下午六时，我们请你们俩到梁园豫菜馆吃饭，另外还有几个朋友，都可以随便谈天的。梁园地址，是广西路三三二号。……

　　　　　　　　　　　　　　　　　　　　　　　　豫

　　　　　　　　　　　　　　　　　　　　　　　同具

　　　　　　　　　　　　　　　　　　　　　　广

　　　　　　　　　　　　　　　　　　　十二月十七日

这是鲁迅夫妇为二萧特意安排的一场见面会，将他俩引见给上海进步的文化圈，扩大他俩的交际范围，名义是给胡风的儿子做满月请客吃饭。

收到这封邀请信，对萧军和萧红来说不啻是天大的喜讯，鲁迅不仅亲自与他俩见面，还要把他们介绍给自己的朋友，鲁迅先生的朋友自然也都是有头有脸的人，这让两个籍籍无名的年轻人顿时有些手足无措。

欣喜的两人开始有了各自的想法，萧军忙着查找地图，确定赴约的路线。而萧红则盯着萧军身上那件破落的旧罩衫，打着自己的算盘。

"你脱了外套，就穿这件灰不灰、蓝不蓝的破罩衫去赴鲁迅先生的宴会？"萧红走到萧军跟前，扯着他的衣服，亲昵地质问。

"那穿什么？我又没有第二件。"萧军无奈地回道。况且，他是一个不拘小节的人，也不会在意自己的穿着是否得体。

萧红则坚持要重做一件。她不顾萧军那些毫无意义的置辩，抓起床上一件大衣披在身上，便冲出了门，楼梯响起急促的小跑声。萧军知道萧红的固执，便只能耐心等待她回来，一看究竟。

大约过了两个多小时，萧红回来了，看到正假装写东西没有理她的萧军，她也假装生气地用一卷软绵绵的东西敲打了一下他的头，气恼地说："你没有听见我回来了吗？"

萧军扭头看了她一眼，一本正经地回她："没听到……我什么也没有听见！"

"坏东西。"她娇嗔地撒娇，然后扯开一副黑白纵横的方格绒布料，骄傲地说，"看，我给你买了一块衣料，我一定要给你做一件礼服，好去赴鲁迅先生的宴会。"萧红郑重地宣布自己的决定。

萧红在一家正拍卖的铺子找到了剩下的这点绒布头，花七角五分钱买了下来，着手要给萧军做一件罩衫。这个女人认真起来的劲头，谁也挡不住，她不眠不休地裁、剪、缝，在昏暗的灯光下忘我地工作了十几个小时，终于在宴会前，让一件全新的礼服面世了。

这件是仿照之前他们离开哈尔滨前夕，留念时穿的那件高加索式立领绣花衬衫的样式改良的，只是少了花边，袖口处也做了一些改变。萧军穿上后，萧红又为他扎起皮带，系上绸围巾，整个人立刻显得神采奕奕，连萧军自己也颇为满意。

萧红为萧军星夜赶制礼服，这让人想起了《项链》中的马蒂尔德，一个女人受邀请和自己的丈夫一起去参加舞会，她想得是如何打扮自己，好享受万众瞩目的风光。萧红参加的虽然不是舞会，但也是一个足可以改变自己命运的饭局，她完全可以将自己收拾得时尚体面一些，可是她的眼里心里只有萧军，因而，她不惜一切也要为他赶制礼服。这便是一个女人的爱情，为了爱的人可以忘却自我。

跻身文坛初露头

成功好比一张梯子，"机会"是梯子两侧的长柱，"能力"是插在两个长柱之间的横木。只有长柱没有横木，梯子没有用处。

——狄更斯

萧红为萧军连夜赶制的礼服，得体又合身，两人为这艰难时刻的小小所得欣喜不已，紧紧地抱在一起，像要融化了一般。

萧军晚年回忆这一场景，也不无感慨地说："我们那时的物质生活虽然是穷困的，但在爱情生活方面，却是充实而饱满的啊！……"

那样温馨而美好的画面，在二萧共处的几年生活中显得弥足珍贵。

因为没有表，萧军和萧红赶到广西路梁园豫菜馆时，鲁迅一家以及其他几人都已经列席，只有胡风夫妇还没有到。

席间，鲁迅先生先向萧军二人介绍了在座的几位，介绍茅盾时，说的是"这是我们一道开店的老板"，萧军和萧红尽管茫然，也不便多问，便稀里糊涂地打了招呼。还有聂绀弩、周颖夫妇，鲁迅也不介绍全名，只是称呼为"聂先生""聂夫人"。剩下一个青年，姓叶，萧军猜到可能是《小小十年》的作者"叶永蓁"。

鲁迅接着又郑重地介绍了萧红和萧红："这两位是刘先生、张女士，他们是从东北来的。"

当时白色恐怖笼罩上海，进步的知识青年，常常是被监视和打击的对象，以鲁迅、茅盾等为首的左翼知识分子，谈话、聚会等都是谨小慎微的，稍有差池便可能身陷囹圄，甚至性命不保。

因而，鲁迅开席前先是让许广平出去巡视一番，确保没有盯梢的，即使这般，席上也是隐晦地介绍众人，足见当时的氛围何等紧张。

萧军和萧红感到有些拘束，毕竟其他人都很熟识，只有他俩是闯入者，听着其他人用暗语融洽、热闹地谈话，两人便只能缄默地享受着对他们来说难得的美味佳肴。

萧军见聂先生不时为妻子夹菜，觉得有趣，便也学着为萧红夹一些她夹不到的菜，倒使萧红觉得有些难为情，便暗暗用手在桌子底下制止他。

出于礼貌或使气氛不至尴尬，萧军在席上介绍了东北的风俗、习惯等，他们听得也很认真。

宴会到九点多才结束，叶先生过来与萧军互换了联系方式，这大概是鲁迅授意他多照顾两位初来乍到的年轻人的。

能参加这样重要的宴会，对萧军和萧红来说，是特别幸福的事情。回去的路上，他们手挽着手，步履轻松地行走在上海的大街小巷，整个人幸福得都快要飘起来了。

萧红告诉萧军，席上那位老板便是赫赫有名的茅盾，那个姓叶的青年叫叶紫，还有最终缺席的是胡风、梅志夫妇，这些是许广平私底下跟她介绍的。

有了这次机会，很快，他们便和叶紫熟识起来，开始慢慢进入上海文坛。

为了纪念这次对他们来说意义非凡的宴会，也为了纪念萧红为萧军亲手缝制的礼服，1935年春季时，两人特意到法租界万氏照相馆照了一张相片留念。

萧军穿的自然是那件黑白方格的礼服，脖子上系着1934年离开哈尔滨时，俄语家教佛民娜刺绣的米色软绸围巾，萧红穿的是一件深蓝色的"画服"，平时不抽烟的她，还调皮地从道具盒里取出一只烟斗，叼在嘴边。这张照片辗转多年，最终保留了下来，成为见证二萧爱情的经典之作。

1935年元旦过后，萧军、萧红从拉都路283号搬到拉都路411弄22号二楼，一个叫"福显坊"的弄堂。与之前的房间相比，新家的条件显然要优越一些，不说别的，单是能享受到阳光的温暖，和窗外那满眼的青绿，便令这对在东北冬季只能看到光秃秃、白茫茫大地的情侣感到分外满足了，更不必说还有红漆木的地板，洁白的墙壁，四扇可随时开关的玻璃窗，让他们享受新鲜的空气。

在布置房间时，两人闹出了一点点的不愉快，萧军要在房间内挂两幅画，一幅是离开哈尔滨时，金剑啸给他画的那幅油画头像，另一幅是1929年萧军在沈阳讲武堂读书时购买的西洋女人画像。前一幅画萧红自然是乐意的，那幅西洋女人的油画，她则比较反对，觉得很俗气。

萧红的反对似乎没有起到多大作用，萧军还是固执地将它挂在了房间。

从这小小的不和谐中似乎也可以看出一点蛛丝马迹，萧军对萧红的宽容似乎不够，在生活中更容易显出他的大男子本性，反倒是萧红对他却是百般迁就。

一幅外国女子的油画像，爱人若是不喜，为何要逞一时之气，让她每日看着烦扰呢！究其根本，还是因为萧军更在乎自己的感受一些。

新的安静的环境，令萧军和萧红在兴奋之余，又开始为生计的没有着落忧虑起来。两个除了写作，别无所长的年轻人，一时有些茫然无措。

靠写文章生活，他们不是没有想过，只是籍籍无名的小人物，要在上海的大杂志发表作品，如果没有人推荐，是不可能的。

找鲁迅先生帮忙，他们也想过，却苦于不确定自己文章的优劣，而不敢贸然开口，以免先生陷于两难之际。

后来聂绀弩和叶紫也提到，写好的文章，可以让鲁迅先生帮忙推荐，聂绀弩见萧军还是有些犹豫，便直言不讳地说："你总得生活下去呀！老头子介绍的文章如果不是太差，他们总是要登的。太差的文章老头子也不肯介绍。"

这一鼓励似乎给了萧军和萧红极大的勇气。于是，1935年1月间，萧军将自己写好的两篇小说《职业》《搭客》，寄给了鲁迅，希望他能帮忙寻找出路。

鲁迅在回信中对其两篇作品给予了"写得很好"的评价，并打算将一篇介绍到《文学》杂志，另一篇送去良友试一试。

得到鲁迅的认可，萧军和萧红异常欣喜，创作劲头更加强烈，萧军很快又写出了《樱花》《军中》等短篇。

相较于萧军的勤谨，萧红此时有些懒怠，她对环境的适应能力比较弱，每一次适应新环境，都需要足够的时间去克服情绪的波动。

眼见萧军冲劲十足，萧红也不甘示弱，便写信给鲁迅先生，希望他能用鞭子抽打一下自己，使她振作起来，否则她就连身体都要胖得像一只大蝈蝈了。

鲁迅的回信则幽默地调侃她："如果胖得像蝈蝈了，那就会有蝈蝈样的文章。"他认为好文章不是能鞭打出来的。

许是受萧军的影响，给鲁迅的信发出后，萧红也开始静心埋头创作起来，她以青岛时期亲见的周围邻居小贩的生活为素材，写出了来沪后的第一部作品——小说《小六》。

一天叶紫来访，提到自己想吃肉，萧军和萧红也附和着想吃顿好的，在叶紫和萧军的撺掇下，萧红以自己的名义于2月3日单独写信给鲁迅先生，要求鲁迅请他们三人吃饭，并附寄《小六》。

萧红无意间总将鲁迅当作自己慈爱的祖父，在他面前无所顾忌，想说什么，想要什么，都敢大胆地表达出来。而鲁迅对她似乎也有着长辈对孩子的溺爱，哪怕是无礼的要求，也不会生气。

2月8日萧红收到鲁迅的回信，他告诉萧红，《小六》已经寄给《太白》杂志，并且称赞两人的小说"充满着热情，和只玩些技巧的所谓'作家'的作品大两样"。

鲁迅先生这般高评价的肯定，让萧军和萧红悬着的心也踏实了下来，信心百倍地投入到自己的以后的创作中，不断地写出高质量的文章。

不久，两人得到喜讯，萧军的《职业》发表在3月1日的《文学》上，萧红的《小六》发表在3月5日的《太白》上。

这两篇作品的发表，是上海出版界对两个初来乍到的东北青年的认可，是他们迈进上海文坛的第一步，对两人意义重大。更重要的是《职业》获得的三十五元稿酬，让他俩可以过上衣食无忧的生活，这般丰厚的稿酬也是他们从未想过的。

之后，萧军和萧红的文章相继在几家大型杂志发表，他们开始过起了真正的以文为生的平静生活。两个初出茅庐的文学小青年，终于被上海文坛接纳，成了一对名副其实的文学名家。

二萧能快速成名，鲁迅起着至关重要的作用，没有他的提携和帮助，就没有萧红和萧军的锦绣之名。一个看似微妙的机会，有时可以成就人的一生。当年，正是孙文乐偶然间提供的一个地址，才让他俩有机会与鲁迅相识、相遇、相知。

因而，萧红与萧军一生最感激、敬重的人，便是恩师鲁迅。

二萧的辉煌时代

　　自由和舒适，平静和安闲，经济一点也不压迫，这真是黄金时代。

——萧红

　　萧红和萧军的相处，从1932年7月两人相识到1938年4月二人宣布分手，仅有短短的不到六年时光，再除去萧红赴日的半年时间，两人在一起生活不过五个年头。

　　哈尔滨和青岛的流浪不过是为着生存的挣扎，在与饥饿和寒冷的斗争中苦苦煎熬，蹒跚向前。

　　直至到了上海，经鲁迅的帮助，两人得以在上海文坛立足，可以以文为生，才算是摆脱了为生存挣扎的命运，开始有机会探索更高层次的精神生活。

　　可惜好景不长，战争来袭，他们再一次陷入为生存而奔波和流浪的局面。故而，上海的短暂相处，是萧军和萧红真正意义上耳鬓厮磨的时光。

萧红在给鲁迅去信中提到请客的要求，鲁迅先生不久便践行了。1935年3月5日这一天，鲁迅一家约萧军、萧红、叶紫前往桥香饭店吃饭，又遇黄源和曹聚仁，便一同前往。

这次聚会二萧不仅认识了《文学》和《译文》的编辑黄源，《芒种》的编辑曹聚仁，席上，萧军还将他们三人想创办奴隶社，自费出版"奴隶丛书"的想法，向鲁迅先生提了出来，并得到了先生的认可和支持。

二萧之所以有自费出书的想法，是源于叶紫的长篇小说《丰收》，无法通过国民党当局的审查，不能以正规渠道出版，便想到了自费出版的方式，这和当年萧军、萧红的《跋涉》合集的命运相似。

萧军的《八月的乡村》是抗日题材，也很难通过当局的审查，便也决定以奴隶社的名义出版。这样，叶紫的《丰收》，萧军的《八月的乡村》便被列为"奴隶丛书"一、二先后准备排印、出版。

萧军的《八月的乡村》最终于1935年7月问世了，为了与之前的笔名避嫌，署名"田军"，鲁迅先生为其作序。

这时的萧红一边等待《麦场》的审查结果，一边开始商市街系列散文的创作。那些与饥饿和寒冷抗争的艰辛与苦难，那些贫病交加中的温情与满足，那些与朋友相处时的欢笑与惶恐，在萧红那清丽而细腻的笔触下，以纪实的方式为后世人一一呈现在了眼前。

商市街系列散文于1936年8月由生活出版社结集出版，这是萧红第一部官方出版的书籍，为以后对萧红、萧军的研究留下了最珍贵的第一手资料。

没有哪一个作家敢于真切地将自己生活中的困窘和不堪，直白地撕开给众人看，最多不过以小说的形式隐射一二，至于散文，则大多是粉饰太平或无伤大雅的边角之料，在这一点上，萧红的"真"是史无前例的。

《八月的乡村》一经出版，获得了意想不到的效果，它像一颗炸雷在上海的天空发出一声惊天巨响，这响声响彻云霄，传遍了神州大地。一年时间，这部小说再版五次，还被译成俄、英、日、德等几种语言，介绍到国外。

当然，它也被带到了中共领导的革命根据地，像一把战火燃遍了根据地的每寸土地，得到了党的领导人的高度赞扬。

国破家亡之际，清新脱俗的文风，抑或自然恬淡的笔调，是激发不了万万中国人民奋起反抗的决心，也鼓舞不了革命者的斗志。只有那高亢昂扬的战歌，才能让被侵略、被压迫的国民鼓起勇气，拿起武器，为民族的独立和自由而战。

《八月的乡村》那血与火的热情，拼搏与反抗的顽强精神，不畏生死的大义之举，恰是一曲悲壮的战歌，在大战将至的中国，对每一个国民来说，那就是强大的力量。

这部小说也可以看作是抗日文学的先声，最早播下了反抗的种子。

萧军作为《八月的乡村》的作者，也很快为世人所瞩目，此时，他不过二十八岁。当然，萧军小说能有如此巨大的反响，也归功于鲁迅先生的鼎力相助，他将样书寄给身边的友人和许多外国朋友，让《八月的乡村》得以迅速推广，这些有声望的知识分子的推荐和宣传，更奠定了这部小说的价值。

这期间，鲁迅还携许广平和海婴拜访了二萧位于拉都路351号的新家。萧军和萧红之所以再一次搬家，是因为舒群、罗烽、白朗等东北时期的朋友也来了上海，盛情邀请与二人同住，于是他们便一起租住了拉都路351号的居所。

鲁迅一家来拜访是5月2日的上午，他们闲聊了一会儿后，由鲁迅先生做东，在一家盛福的西餐馆吃了一顿午饭。

鲁迅一家的来访，让萧军和萧红激动不已，也似给了他们无限的鼓励。萧红很快便投入到自己商市街的创作中了。然而，这也引起了朋友们的不满，他们责怪萧军不介绍鲁迅先生与他们认识，这让二人颇为为难，最终做出了再一次搬家的决定。

1935年6月，萧军和萧红搬至萨坡赛路190号，萧军的朋友唐豪律师家。这是一间英国式建筑，后门临街，房间宽敞，环境比之前拉都路的几处自然要好些。

《八月的乡村》取得好成绩后，萧军的创作势头愈发强劲，不断地写出新的作品，9月他还受文化生活书店之邀出版短篇小说选集《羊》。而萧红则因《麦场》被退稿，有些意兴阑珊，以至鲁迅在信中关心地问："久未得萧红太太消息，她久不写什么了吧？"

她开始琢磨将《麦场》作为"奴隶丛书"之三自费出版。此时，他俩的稿费、书费收入已经颇丰，印刷、出版便势在必行。

萧红与萧军、胡风商讨，他们最终从文章中提炼出"生死场"作为小说的书名。这部小说搁置一年，辗转多方，最终于1935年12月正式面世，署名萧红，三十二开本，二百一十页正文，文前是鲁迅先生所作《序言》，文后是胡风的《后记》，书封则是萧红自己设计的。

关于"萧红"的署名，后人猜测不一，有说是与萧军对应，取"小小红军"之意，这显然不合情理，两人既非中共党员，更不会冒着这般危险招惹是非，而且萧军《八月的乡村》署名是"田军"，而非"萧军"。

萧红这一笔名是他们第一次给鲁迅写信时所使用的，萧红或许是为感激萧军和鲁迅对自己写作上的支持和帮助，选用了留有两人痕迹的"萧"，"红"可能是她自己意愿的选择。

关于鲁迅的这篇序言，也留下了一个有趣的故事。

叶紫的《丰收》、萧军的《八月的乡村》均是鲁迅为其作序，等到《生死场》要出版时，萧红便给鲁迅去信，也要鲁迅为她作序。

鲁迅于11月14日夜写了一篇《序言》，随萧军的回信附寄。可萧红对鲁迅的序言并不满意，原因是萧军的"序言"二字是鲁迅亲笔，还被萧军专门制版凸显，而她收到的则是许广平誊抄的，没了鲁迅的亲笔。

鲁迅对萧红的孩子气感到好笑，便满足了她这小小的要求。

他在序言中如此评价《生死场》：

> 叙事和写景，胜于人物描写，然而北方人民对于生的坚强，对于死的挣扎，却往往已经力透纸背；女性作者的细致的观察和越轨的笔致，又增加了不少明丽和新鲜。

"力透纸背"的评价足见鲁迅对这部小说的看重。

《生死场》的诞生，标志着悄吟时代的结束，萧红作为中国现代文学史上才情卓著、著作颇丰的女作家正式亮相了，开启了一代才女的黄金时代。

《生死场》出版后，非常畅销，多次再版，从此萧红声名鹊起，成为极有影响力的女作家。后来美国记者埃德加·斯诺拜访鲁迅，请教中国当时文坛最有影响力的作家有哪些，鲁迅便推荐了萧军，并提到萧军的妻子萧红是当今最有前途的女作家，可能是丁玲的后继者，甚至比丁玲取代冰心的时间更早。

一些别有用心或哗众取宠者，便据此认为鲁迅与萧红有着非比一般的情感，因而才极力推荐萧红。这只能是以小人之心度君子之腹，从萧红的文学才情来看，的确在丁玲与萧军之上，只可惜她英年早逝，在创作最鼎盛时期便悄然离世，这是鲁迅所不能预测的。客观来讲，他对萧红的评价，与她故去后的影响来看，只能说，鲁迅确实目光如炬，有先见之明。

人到情多情转薄

/

萧红与萧军

夜阑卧听风吹雨

爱的开始是一个眼色，爱的最后是无尽的苍穹。

——林清玄

《八月的乡村》和《生死场》的一举成名，让一对患难与共的贫贱夫妻，骤然之间，旧貌换了新颜，他们不再寓居于自己的小天地，踽踽独行，而是舒展开双臂，迎着太阳，向更远的方向迈进。

搬至萨坡赛路后不久，从哈尔滨逃出的罗峰和白朗也搬来唐豪律师住宅，与二萧住在了同一屋檐下。

聂绀弩夫妇、叶紫夫妇，以及故友张梅林，还有胡风及其妻子梅志，都是二萧家的常客。他们仿佛回到哈尔滨牵牛坊的快乐时光，几个不名一文的酸腐秀才，酒足饭饱之后，大谈着国家的前途和命运，品评着彼此文章的优劣，谈笑间举重若轻。

有时，他们围在一起包饺子，擅长做面食的萧红擀皮，其他人一起包，忙得不亦乐乎。

萧红确实算得上一个称职的家庭主妇，这一点在许广平、梅志等友人的笔下都有体现。她做的葱油饼，让鲁迅先生和张梅林都念念不忘。她可以照着衣服的式样，亲自为萧军缝制衬衫，家里卫生的打扫，饭菜的张罗都是她一手操持，不辞辛劳。她还要在忙碌之余，帮萧军抄写稿子，自己创作小说。

有一次胡风和梅志去拜访二萧，萧军去公园看书了，萧红则在家里忙着收拾房间、擦地板。她的面色有些苍白，有病态的虚弱，身体看起来也不是很强健，但她实在是一个爱干净的人，见不得地板上那些烟头和脚印。

萧军很快夹着书回来了，他精力充沛、神采奕奕，浑身散发着朝气和活力。他没有感念萧红的辛劳，反而责怪她不像自己一般用功读书。生活中这些看似平淡的细节，日积月累也会消磨人的情感。

强健的萧军享受着病弱的萧红为她忙碌的一切，却不懂得感恩，还一味地抱怨她不够温柔贤惠、体贴入微。贫穷时的给予不再，富贵时的冷漠更深，这让萧红心里的天平渐渐倾斜，况且此时，风流倜傥的上海文坛新秀，再也不是商市街那个一无所有的青年，上海的花花世界让他的心又一次泛起了波澜。

树欲静而风不止，家欲安而情不在。成名后的萧红，风光的外衣下包裹着一颗忧郁难安的心。

与她同住过两个月的白朗，比较商市街时的萧红与萨坡赛路的萧红，这般写道：

> 当我一看见那两张愉快的无忧的孩子般的脸，……不知觉地混搅在他们的愉快的洪流之中，再不会感到他们会有什么贫困的苦痛了。即使在他们怄气的时候，你也不能不承认那是幸福的争吵。
>
> 这时的红呢，面色是苍白的，病态的，精神也不似以往那样愉快，仿佛有一株忧郁之苗在她的心上发芽了。两个月的共同生

活中，我只感觉到红那只注满的幸福之杯仿佛已在开始倾泻了。

显然，这时的萧军、萧红早已失却了之前的亲密无间，冷漠与争吵频频光顾他们生活。然而在外人面前，在朋友之间，在鲁迅先生的身边，他们依然是一对令人艳羡的文学伉俪。

10月底的一天，鲁迅携广平和海婴到萨坡赛路拜访二萧，恰逢二人参加世界语五十周年纪念会，不在家。二萧事后得知此事，深感懊悔。为了安抚他俩的情绪，鲁迅便安排了一场特别的饭局。

鲁迅邀请二萧于11月6日下午五点，在书店等候，然后一起去他的寓所吃晚饭。

这是萧红、萧军第一次去鲁迅先生家作客，也意味着鲁迅真正意义上接纳了二人。以当时鲁迅的处境，他是不会轻易向人透露自己的地址的，更不要说邀请他人来家吃饭。

可见，在他心里已然是把二萧当作了可信任、可亲近的人。

鲁迅的这次邀请，令萧红、萧军毕生铭记，他们都在之后的撰文中记下了这次印象深刻的拜访。

鲁迅家安在北四川路大陆新村9号，是一幢三层上海普通的弄堂房子。第一层是客厅、饭厅兼厨房，第二层是鲁迅的工作室兼卧室，三层则是藏书室。

当晚，二萧与鲁迅、许广平聊得很晚，谈到了很多关于伪满洲国的事情，萧红注意到鲁迅身体不大好，又考虑到他伤风刚好，几次想退出来好让他早点休息。然而几人谈兴正浓，先生也似乎毫不疲倦，坐在椅子上，加着一件皮袍，陪他们一直坐到接近十二点。

外面下着淅沥的下雨，鲁迅夫妇将他俩送到铁门外，还细心地叮嘱他俩下次来的时候记住隔壁那个写着"茶"字的大招牌。

这初次拜访，让二萧在上海找到了家的感觉，也体会到了鲁迅那父亲般的慈爱和温暖。

旧历年底，鲁迅为了抚慰二萧无家可归的孤独，便借为《海燕》庆祝之名，邀请了聂绀弩夫妇、胡风夫妇以及二萧等计十一人，于1936年1月19日（农历腊月廿六）在梁园饭店共进晚餐。

《海燕》是萧红、萧军、胡风、聂绀弩和鲁迅筹办的文学刊物，1月正式发行，当天便售完两千册。这对初次参加创刊的二萧来说，的确是一件值得骄傲的事情。当晚，大家酣畅淋漓、兴尽而归。

从二萧第一次怀着忐忑不安的情绪踏进梁园饭店，到今日，能与在座的各位上海名人其乐融融，这不得不说是命运无常，当然这一切都有赖于鲁迅先生的对他俩无私的帮助。萧军和萧红也是时时铭记这雪中送炭的巨大恩情。

《海燕》虽然畅销，却受到国民党当局的阻挠，不久便停刊了。

《海燕》停刊后不久，一个叫孟十还的人邀请二萧以及《海燕》的原班人马一起创刊《作家》杂志，二萧任编委。他俩还应孟十还之邀，同游杭州，在西湖、断桥、葛岭、六和塔等风景宜人的游览胜地，留下了驻足凝思的印记。

杭州之行，是二萧结缘之后第一次真正意义上的旅游。之前，在哈尔滨、青岛，他们身无分文，所谓的游玩，最大的奢侈也只能是去海边划船、游泳。此刻，卸下国破家亡的重担，身负知名作家的光环，在这风光旖旎的江南水乡，两人应该可以尽情地游玩。

然而关于这次杭州之行，萧红和萧军都没有留下过多的文字，其中内情便也无法猜测，大概也是意兴阑珊吧，否则以萧红的多情，何以面对这如诗如画的江南古城，而不发只言片语，实在令人不解。

离开杭州时，萧红特意给鲁迅带了一罐白菊花茶，还为自己挑选了一根小竹棍。这根小竹棍后来还惹出一段与端木蕻良的奇闻妙事。

认识了鲁迅的家门之后，二萧便成了鲁迅家的常客，两家相隔较远，二萧不惜搭乘电车花费一两个小时，来鲁迅家闲聊。

他们知道鲁迅喜欢北方饮食，来家里时便捎上一些面包、香肠或鸭骨头之类，还配黄芽菜烧汤，大家在一起吃得热热闹闹，开开心心。

许广平做饭，萧红时常也要一展身手，她烙荷叶饼、韭菜盒子，但最拿手的还是包饺子、烙葱花饼。鲁迅有时也在旁边静静地观看她那出神入化的烙饼展示，对其赞叹不已。

这时候的萧红应该是很快乐的，有爱人萧军的陪伴，有鲁迅慈父一般的温暖，有与许广平似母似友的亲密交谈，让她忘却一切的不快，可以做一个任性的孩子。

在鲁迅家，不止她甘愿做一个孩子，鲁迅有时也把她当一个孩子来待。

有一次许广平拿一条桃红色的绸带放在萧红头上比画，向鲁迅炫耀它的漂亮，不想，鲁迅却严肃地呵斥道："不要那样装扮她！"

后来有人拿此做文章，言之凿凿声称鲁迅对萧红有暗恋情结，否则何以为这种小事斥责自己的妻子。

鲁迅看萧红，就像看一个调皮的孩子，或者，像对待海婴一样，把她当女儿一般疼爱，自然不喜欢她像一个成熟的女人一般打扮。至于呵斥也谈不上，爱人之间因为亲近，才可以无所顾忌，若是换作他人，即使不满，也不会出语严厉。

萧军在鲁迅家也是孩子气十足。一次看到先生桌子上，朋友送给海婴的小孩钓鱼模型，觉得好玩，便扯着小鱼玩，结果将鱼竿扯断了。鲁迅听到响声，便望了他一眼，萧军便感到那不是寻常的望，而是狠狠地瞪，便有几天不和萧红一同去鲁迅家了。及至鲁迅问起，萧红说明原因，鲁迅才忍不住笑起来，忙解释说他看人就是那样，劝萧军"还是来罢"！

鲁迅家的温馨时刻，对萧红来说，是满满的温暖，是呼兰河之外，另一处祖父的后花园，在这里，她忘记自己已为人妇，曾为人母的身份，忘记自己周身的病痛，忘记她和萧军看似相敬如宾的背后隐藏的苦楚，忘记她是一个没有母亲、被家族拒之门外的孤女，只要认认真真地做一个快乐的小女孩便可。

梦中姑娘的到来

> 我也不知道，为什么我遇到的女人，总是那么孤单，那么需要爱。而我的个性，是不会让别人失望的。
>
> ——萧红

1936年的初春，花香鸟语，万物新生，已然在上海滩站稳脚跟的二萧，褪去一冬的慵懒和疲惫，也如这盎然的春意一般，迎来了他们的新生。

一向主张"爱便爱，不爱便丢开"的风流才子萧军，顶着知名作家的光环，在物欲横流的上海滩更是风光无限。

在哈尔滨不名一文时，他尚且可以赢得美丽的房东小姐和上海姑娘的青睐，此时，名利双收、风采卓绝，自然更少不了美丽女性的蝶飞燕舞。萧军对这一切似乎也毫不排斥，还自得其乐，沉醉其中。

上海姑娘陈涓，便是令萧军念念不忘的美丽女子。

1934年秋，远在奉天的陈涓收到家中寄来的书信，信中提到有一个名叫"萧军"的写文章的"老粗"来家里拜访。

这显然是萧军初到上海，便背着萧红独自前去拜访这位曾经的红颜知己。虽寻访未果，却有幸获得了陈涓的联系方式，之后便不时以二萧的名义与其通信。1935年初春，陈涓结婚，萧军还去信表示祝贺。

萧军对陈涓绝不可能是单纯的朋友关系，从他在哈尔滨时的种种表现可略知一二，只是理智最终战胜了情感，抑或是陈涓的仓促离去，令他炽热的情感初初萌芽，便被雪藏。

尽管陈涓在后来的《萧红死后——致某作家》一文中反复撇清，将自己描述成一个天真无邪、毫无杂念的小女孩，将两人之间朦胧的越轨之责都推给了萧军。然而，她在已知萧军别有深意的企图后，在上海再一次与其单独共处，便有些说不过去了。

可见，萧军和陈涓之间确实是一个有情，另一个也不是全然无意，这样的两个人还常常单独约会，爱情的火花自然是一擦即燃。只可惜，萧军也罢，陈涓也罢，都没有萧红那种敢于自我解剖的勇气，留给世人的只剩一个推诿，另一个沉默。

萧军的情绪，细心而敏感的萧红又怎会看不出，她只是隐忍着、压抑着，在暗黑的夜晚，一个人静静地醒来默默地流泪。而这一切看在萧军和朋友的眼里，便觉得萧红有些神经质，有点不可理喻，矛盾便愈演愈烈。

1936年春，陈涓归来，更是将二萧之间的距离推得更远，不和谐的琴音成了他们家的主旋律。

此时的陈涓已为人妇，初为人母，她带孩子回上海归宁。恰好其兄长也住在萨坡赛路，与二萧住处很近，陈涓便得空携幼妹前去拜访两人。萧红对萧军和陈涓之间的关系，洞若观火，自然对她的到访有些不悦和防备，只是勉强接应，陈涓看在眼里，为避免萧红的不快，之后便很少上门。

近水楼台，萧军便时常去陈家探访，约陈涓一起出去吃饭、游玩。本属于爱人之间的甜蜜约会，却沦为他人的嫁衣，这对独处家中，还要为萧军洗衣、叠被的萧红来说，是何其残忍。

萧红不是傻子，萧军自以为是的隐瞒，她自然清清楚楚，有时，可憎的萧军连瞒骗都不屑，明白无误地告诉她，要去找陈涓。

萧红的心应该在滴血，但她的自尊让她强装无所谓。她目送着爱人喜气洋洋地与另一个女人前去约会，留给她的是一室的冰冷和孤独，此时，本就丰富的想象力对她更是一种巨大的摧残。

她蜷缩在自己的小床上，望着窗外蓝天、白云的广阔世界，想象着萧军和陈涓言笑晏晏，亲密无间的相处，痛便像毒蛇一般将她紧紧缠绕，头痛、肚子痛、腿痛，甚至到最后她觉得浑身无一处不痛。

好在，不久他们搬家了，为了便于和鲁迅来往，照顾他的身体，二萧于1936年3月搬到了北四川路"永乐坊"，与鲁迅家只有几分钟的路程。

远离了萨坡赛路，萧红以为可以拉开萧军与陈涓的距离，然而爱情来了，时间和空间又怎能阻挡它的步伐。萧军时常瞒着萧红，不辞辛苦地赶去萨坡赛路看望陈涓。有一次，萧军要外出，敏感的萧红也意识到了潜存的危机，便试探着问他是不是去找陈涓，萧军撒谎说自己去书店，陈家离得那么远，自己跑去干什么。转身，他就跑去见陈涓，还洋洋得意地把欺骗萧红的话告诉了陈涓，似乎是向所爱的女子宣示自己的衷心。

此文幸而是在萧红去世之后才现世，否则，她孱弱的身体又怎禁得住此情此景的刺激。

陈涓后来在文章中一再提及，自己是以崇拜偶像、挚诚待友的目的与萧军交往的，当她开始意识到萧军那种"强烈的情感""固执的性格"时，也开始有些"骇怕"，渐渐想要躲开他，却又怕自己的决绝会令他失望。

这种说法显然有些苍白，她在哈尔滨时已从萧军那枯萎的玫瑰花和离别时的一吻，感受到了他的情感，若要避嫌，回来上海只要不主动登门，便不会有其他牵涉。更不论说还主动和萧军一起去吃饭，多次与他单独相处，这对于已有婚约的她来说，早就越过了普通朋友的界限。

有一天晚上，萧军大概也是为情所困，喝了不少酒，又来到陈家，两人静静地坐在客厅，谁也不说话，临别时，萧军再一次鼓起勇气亲吻了陈涓的额角。

之前两人的相处是隐晦的，萧军不说，陈涓自然也不好拒绝，便耐着性子与他周旋，正好可以打发自己的时间。这时陈涓的孩子应该不到一岁，嗷嗷待哺，她不抱养自己的孩子，却有闲情陪别的男人吃喝聊天，能说是没有感情吗？只是这种情还不会让她有勇气背叛家庭，做出为世不容的冲动之举。或者可以说，她从萧军对萧红的态度中，看出他并不是一个可以托付终身的人，自然也不会做出出格的事情。

恰在此时，丈夫来信匆促，陈涓便于5月1日离开上海。临别时，萧军给她送来二十元路费，还在她离开的前一晚，与她产生了一些基于男女之间暧昧的不愉快。

萧军与陈涓之间究竟走到了何种地步，萧红一无所知，她只能靠猜、靠想、靠自己钟爱的文字来宣泄自己心底的苦闷和无法言说的悲痛。

萧红最大的悲哀是她明明已经可以独立，却依然困守在萧军的牢笼里走不出。她没有自己的朋友，那些与萧军一起认识的朋友，萧红是无法向他们倾诉自己对萧军的不满的。唯一信任的鲁迅先生，又重病在身，她又怎好为这些小事让先生烦扰，便只能一个人饮下这一杯杯的苦酒。

陈涓只是萧军的追求者之一，他的心底还深深驻扎着一个叫"Marlie"的美丽女子。她是萧军在遇见萧红之前便深深迷恋的梦中情人，只是落花有意，流水无心，萧军只能将一腔爱意深藏心底，为此萧红曾在东兴顺旅馆时还写过名为《幻觉》的诗，其中女主人公便是"Marlie"。

Marlie在后来不少文人的笔下出现过，她叫李玛丽，萧军和舒群的对话中提及她，称赞她的美，"是脱俗的，是圣洁的，她的美可以使人为之倾倒，但任何人在她面前都不敢产生半点占有她的念头"。

李玛丽的美是毋庸置疑的，不少艺术家都提到她有圣玛利亚一般的气质，戏剧家塞克更是为她疯狂。萧军也产生过追求她的念头，甚至可能为她写下一首首情诗。

带着颜色的情诗，

一只一只是写给她的，

像三年前他写给我的一样。

也许人人都是一样，

也许情诗再过三年他又写给另一个姑娘！

（《苦杯·一》）

昨夜他又写了一只诗，

我也写了一只诗，

他是写给他新的情人的，

　我是写给我悲哀的心的。

（《苦杯·二》）

　　萧红的文章，散文抑或小说都比较写实，诗歌自然也不例外，这字里行间透露出来的哀怨，分明让人感受到了萧军初恋一般的热情。

　　他为自己喜欢的女子，写下一首首爱的赞歌，而且还在萧红的眼前，堂而皇之地写着。而懦弱的萧红，却只能无助地看着，忍痛写下自己的悲伤。曾经令人艳羡的一对夫妻，此刻只剩下互相的折磨。

苦杯——无处宣泄的爱

我爱诗人又怕害了诗人，因为诗人的心，是那么美丽，水一般的，花一般的，我只是舍不得摧残它，但又怕别人摧残，那么我何妨爱他。

为什么不可以洒脱地转身，只因爱得深沉。萧红对萧军不仅爱得深，还爱得卑微，爱到失去了自我。她对萧军一次次暧昧与越轨的纵容，让萧军愈发无所畏惧，甚至有些明目张胆。

即便如此，萧红依然不敢直言不讳地表达自己的不满，她甚至怕萧军看出自己的情绪，即使痛苦到想要哭泣，也找不到一处可以宣泄的处所。

近来时时想要哭了，
但没有一个适当的地方：
坐在床上哭。
怕他看到；
跑到厨房里去哭，
怕是邻居听到；

在街头哭，

那些陌生人更会哗笑。

人间对我都是无情了。　　《苦杯·十》

这样的萧红让人心痛的同时，却也让人真切地感受到了她的懦弱，她在萧军面前失去自尊的依附。若说她还是东兴顺旅馆或商市街那个不能独立的柔弱女子，需要停靠在萧军的羽翼下才能勉强度日，这般的卑微和隐忍还可以理解。然而此时的萧红，不论是在文坛的声誉，还是写稿的酬劳方面，已可以与萧军并驾齐驱，生活的独立更是不在话下，再如此低到尘埃里去爱一个男人，实在不得不说是萧红的悲哀。

她从学生时代便接受新文化运动和西方启蒙思想的熏陶，自由与平等的理念应该深植心底。面对父亲和家族，她能勇敢到不惜生死，即使流浪街头，困顿被拘，也不低下屈服的头颅，要抗争到底，为的是自由。

可面对萧军，这个此刻像父亲一般对她冷漠的人，却完全像换了一个人，之前的英勇无畏，荡然无存。

我幼时有个暴虐的父亲，

他和父亲一样了！

父亲是我的敌人，

而他不是，

我又怎样来对待他呢？

他说他是我同一战线上的伙伴。　　《苦杯·七》

他曾经许下诺言，曾经为她遮风挡雨，像勤劳的鸟儿一般，早出晚归，为等在巢穴中柔弱的她寻觅食物，怕她饿得受不了，不辞辛劳将黑列巴送到她手中，便又急着去家教。

那时的萧军，让萧红感动，她忍受着饥饿和寒冷，心怀甜蜜，写下了一篇篇美丽的文字，贫穷困厄的相守，也变成了让人倾慕的童话。

往日的爱人

为我遮蔽暴风雨，

而今他变成暴风雨了！

让我怎样来抵抗？

敌人的攻击，

爱人的伤悼。　　　　《苦杯·五》

此时衣食无忧，两个曾经彼此取暖的爱人，却俨然成了一对仇敌，他们互相指责，互相睥睨，在争吵中日日消磨着彼此的耐心。

已经不爱我了吧！

尚与我日日争吵，

我的心潮破碎了，

他分明知道，

他又在我浸着毒一般痛苦的心上，

时时踢打。　　　　《苦杯·四》

萧红深深地意识到萧军已不再爱她，即使还同吃同住，却像房客一般的生疏，她预感到未来自己便是萧军那个"不爱，便丢开的对象"，萧军可以洒脱地丢开，她却"丢不开"。初遇时，萧红问过萧军，若是丢不开怎么办，萧军回答得很含混——丢不开便丢不开。

这一回答也给萧红留下了足够想象的空间，她应该无数次设想过她和萧军的未来，他已然不爱她了，却因一些说不清道不明的原因，还和她拴在一起，总有那么一天，拴着他们的那条绳要断，那时她要去向哪里。

萧红没有家，她的世界只有萧军，这是她最大的恐慌。其他女子，即使某天被爱人抛弃，还有家，有父母亲人可以依靠，或者，再不济，像萧军的前妻许氏，还可以被遣回老家，有一处可以遮风避雨的处所。

萧红没有，天大地大，无处容身。

我没有家，

我连家乡都没有，

更失去朋友，

只有一个他，

而今他又对我取着这般态度。　　《苦杯·八》

　　这样的萧红，在意识到萧军的态度时，怎能不惶恐，不茫然无措。这一切她不敢向萧军诉说，不断地询问爱人"你是不是不爱我了"，非但于事无补，还显得极其愚蠢。

　　她是一个细腻而敏感的人，她的文字便是有力的证明，那样敏锐的观察力，怎能窥不出爱人的心意。

他又去公园了，

我说："我也去吧！"

"你去做什么？"他自己走了。

他给他新的情人的诗说

"有谁不爱鸟儿似的姑娘！"

"有谁不爱少女红唇上的蜜！"

我不是少女，

我没有红的唇了。

我穿的是从厨房带来的油污的衣裳，

为生活而流浪，

我更没有少女的心肠。

他独自走了，

他独自去享受黄昏时公园里美丽的时光。

我在家里等待着，

等待明朝再去煮米熬汤。　　　　　　　　《苦杯·六》

　　从前，他们手挽着手，肩并着肩去公园散步，徜徉在绿树掩映的小道上，细听花香鸟语，有说不完的话，有诉不完的情，公园的长椅上更是留下了多少余晖下相互依偎的身影。

　　现在，萧军却嫌弃她的陪伴，独自去享受公园的美丽时光，这不是最可怕的，最可怕的是独自出走的萧军真的会一个人漫步在公园的花红柳绿中吗？这个念头，萧红一定是想过很多次。

　　他拒绝她的相随，也许就是为了和新的情人一起去享受他们曾经一起经历的美好时光。他的新情人有着少女蜜一般的红唇，而萧红是被岁月鬓白了霜发的糟糠，他们去享受情人的浪漫，而萧红要守着为他煮米熬汤。

　　　　说什么爱情！
　　　　说什么受难者共同走尽患难的路程！
　　　　都成了昨夜的梦，
　　　　昨夜的明灯。　　　　《苦杯·十一》

　　没有了爱情的相守，生活也全然失去了意义，除了哭泣，还有什么别的办法吗？还能像拉娜一般，再一次勇敢地出走吗？她想到了鲁迅笔下的子君和涓生，她和萧军不也正走着这样一条不归路吗？

　　　　泪到眼边流回去，
　　　　流着回去侵食着我的心吧！
　　　　哭又有什么用！
　　　　他的心中既不放着我，
　　　　哭也是无足轻重。　　　　《苦杯·九》

　　萧红虽然意识到流泪、埋怨无济于事，却苦于找不到出路，便只能想到逃避，躲到鲁迅家里，不去面对空落落的只有自己一个人的屋子；逃去日本，用时空的相隔挽回爱人的心；或是写下一首首的心曲，让萧军看到自己的悲伤。

这样的出路最终都成了绝路，躲到鲁迅家，影响了鲁迅先生养病；逃去日本，却促成了萧军与许粤华之间的出轨；怨情的《苦杯》，反而令萧军对她的多愁善感更难释怀。

如果萧红能走出萧军一个人的世界，为自己活得多一些，或许他们之间还有走下去的希望。和《伤逝》中的子君一样，她们受了新思想的影响，却生活在依然受旧思想统领的封建秩序下，她们渴望获得自由、平等和爱情，却无法摆脱传统男权思想的束缚与压制，社会也不会给她们提供独立自主的机会。

萧红从日本回来后，想试着找一所寄宿制的画院隐藏起来，逃避与萧军之间的不悦，然而，两天后，见到萧军的朋友来找她，画院的主管说出了这样一番话："你原来是有丈夫的呀！那么你丈夫不允许，我们是不收的。"萧红便被两个朋友带着灰溜溜地回去了。

这是萧红的挣扎，遭遇的却是整个社会的遏制。于是，挣扎而不得的萧红，便只能发出这样的感叹：

> 爱情的账目，
> 要到失恋的时候才算的，
> 算也总是不够本的。　　《苦杯·三》

爱情分手的时候，确实是要算账的，没有结婚的也许会算他们的恋爱成本，约会、看电影等；结婚了的，自然有法律为他们算账，每一笔财产都有去向。

萧红的账目是什么？他们连名义上的夫妻都不是，分手也没有得到萧军的一分一毫，相反，她去世后却留给了萧军《生死场》的版权，一笔丰厚的财产。

同居时，没有享受过萧军的福，却落得一身的病。为了成全爱情，还送走了自己的孩子。

　　这些，萧红不是没有后悔过，每当对萧军失望时，想到此前种种，便觉得怎么也算不够本。但想到萧军于危难中救她于水火，于困厄中不离不弃，还鼓励、提携她踏上文学创作的道路，她又无法全然怨恨他，再多的理由不过是她还深深爱着这个男人。

鲁迅家的常客

　　一个人生活的失调，直接马上会影响到周围朋友的生活也失了步骤，社会上的人就是如此关联着的。

——许广平

　　二萧搬到鲁迅家附近后，前去探望的频率也更高了，尤其是萧红，几乎是每晚必到大陆地新村报到。在鲁迅家，萧红感受到了梦想中家的温馨，鲁迅先生的慈祥，海婴的调皮可爱，以及洋溢在这个三层小楼里独特的爱的味道，都让她舍不得离去。

　　随着知名度的提高，萧军的应酬也日益增多了，大多时候，萧红是一个人去周家，与鲁迅夫妇聊天，和许广平一起准备晚饭，陪小海婴玩。萧红流连周家，看似享受与鲁迅先生一家相处的美好时光，实则，不过是为躲避冷清而独守空房的寂寞。

　　这时的萧军与哈尔滨、与青岛时期的心境已经截然不同。彼时，他愿意与萧红一起出行，逛公园、游玩、参加朋友们的聚会，出双入对，羡煞旁人。此时，他却吝啬于与萧红分享他的生活，他与朋友聚会、去舞厅跳舞，甚至去公园散步，都拒绝萧红的同行，只有在鲁迅家，与先生一家相处时，萧红才能感受到与萧军一起的快乐。

在鲁迅先生的日记中，便曾多次提到与萧红、萧军一起吃饭、看电影。如他在1936年3月28日记着：

> ……邀萧军、悄吟、蕴如、蕖官、三弟及广平携海婴同往丽都影院观《绿岛沉珠记》下集。

蕴如是鲁迅三弟周建人的夫人，蕖官是周建人的三女儿。鲁迅将二萧当亲人一般看待，二萧也将他看作是两人最值得敬重的长辈，在对鲁迅的态度方面，二萧是难得的一致。

三人难得的共处，也常会因先生的病情而被迫中断。1936年5月底，鲁迅病重，6月初，坚持了几十年的日记也因病重而无法为继。看着敬爱的先生一病不起，萧红心里分外焦虑，她也知道先生需要静养，自己不应该打扰他。可除了周家，她别无可去，便只能觍着脸，一天天地在鲁迅家苦捱着。

许广平要照顾病中的鲁迅，还要帮他处理一些日常事务，接待不时来探访的朋友，对萧红的日日来访，便自然生出很多烦扰，又不能明言，便只能向朋友诉苦。梅志在1984年的回忆中提到，许广平曾向自己抱怨："萧红又在前厅，她天天来，一坐就是半天，我哪来时间陪她，只好叫海婴去陪她，我知道，她也苦恼得很……她痛苦，她寂寞，没地方去就跑这儿来，我能向她表示不高兴、不欢迎吗？哎！真没办法。"

萧红的痛苦和寂寞，源于萧军的态度，组诗《苦杯》将两人之间冷面相对，口舌相争，甚至拳脚相加的生活真实地记录了下来。

许广平对萧红来访的烦恼，一方面是无暇应付，另一方面是影响了对鲁迅先生的照顾。1936年夏的某一天，许广平在楼下陪萧红闲聊，楼上的鲁迅先生睡着了，窗户没有关，那天的风很大，后来先生受凉，又病了一场。这让许广平对萧红的时常来访更多了怨尤。

萧军在外，潇洒恣意地享受着名作家的荣光，萧红在家独守空房，连做饭也没了心情，常常一个人去霞飞路的俄国大菜馆吃两角钱一客的便宜饭。此时的二萧，完全有能力雇请一个姨娘收拾屋子、做饭，不必亲力亲为。没有了萧军的屋子，空荡而荒凉，了无生气，吃饭还有什么味道呢，何必再浪费钱请人打理。

对萧军和萧红而言，他们的那个家，完全不过是一个借宿的旅馆，毫无家的温暖，谁也不愿在那里多停留。

鲁迅先生纵然在病中，也看出了萧红的苦闷和痛苦，但这是两个年轻人自己的事情，况且，他对萧军和萧红的器重不相上下，即便偏爱萧红一些，感情的事情，局外人也不好插手，便只好明知而不言了。

萧红的情绪日益萎靡，进而影响到了她的身体，她的苦闷和压抑，使其显得有些神经质，再加上身体的病痛，整个人已经濒临崩溃。这些，鲁迅夫妇及周围的朋友都看在眼里，急在心里。萧军自然也不可能看不出她的异样，却不会为了照顾萧红的情绪，而低下他那男性权威的头颅。

一直以来，萧红要的并不多，她可以和萧军在困厄中艰难前行，依然微笑着写下商市街系列散文；可以容忍他一而再再而三地与年轻漂亮女子之间的暧昧行止，没有大吵大闹，决然离去，便足以看出她对萧军的期待并不高。

也许只要萧军的一句歉意，一句真情告白，或者一两行不是很动人的诗句，便可以安抚萧红心底的不平和抑郁。可是，大男子主权意识极强的萧军，是不会说这样的软话的。在他看来，此时的萧红已经算是他的妻子，他的附庸，他既不必像追求者一般甜言蜜语，也不会像朋友一般尊重爱护，所以，温情暖心的话语，是很难说出口的。

这便是二萧性格中最大的悖谬所在，萧红崇敬的是表面豪爽、粗放，内里温文尔雅的男子，外可以遮风避雨，让她依靠，内可以陪她一起吟诗作画，砥砺前行，只要一个方面具备，萧红也是可以满足的。

商市街时，萧军展现的便是强壮、有担当的一面；青岛和初到上海，创作《八月的乡村》《生死场》时，萧军又表现出与她夫唱妇随，恩爱甜蜜的一面。因而，那时的萧红是幸福的。

萧军是一个粗放、不羁，且男权思想比较重的人，他对感情并不专一，也不会顾及爱人的情绪，随性而发，情发而动，困厄时的优点，在平静安闲时，便成了十足的障碍。萧红不再需要他为两人的衣食而奔波，萧军也不会为萧红的夫唱妇随而停留，两人的爱情之路只能是越走越窄，直到无路可走。

无论如何，两人毕竟是有感情的，他们一起患难，一起成长，一起成名，这样的经历，不是普通人有幸能够享受的。即使有了罅隙，二萧还是希望能够挽回这段感情。

相守不能和谐相处，不如分别，静置一段时光，也许距离可以唤醒他们之间的爱。

这样的提议得到了鲁迅夫妇及黄源等朋友的支持，至少，在无法可想的时候，这不失为一个解决的方法。于是在黄源的建议下，二人最终决定，萧红赴日静心养病，而萧军去青岛潜心写作，一年之后，两人重回上海相聚。

黄源之所以建议萧红去日本静养，是因为自己的妻子许粤华正在日本学习日文，萧红此去，两人正好为伴。再者，日本离上海不远，消费水平与上海也相差不多，环境清幽，适合静心修养。

萧红去日本还有一个重要原因，她的弟弟张秀珂来信告知，他在东京读书。祖父去世后，弟弟就成了萧红心里唯一牵挂的亲人，得知他在日本，萧红心里自然萌生了亲人重逢的美好场景。

有了新的方向，萧军和萧红的热情似乎又燃烧了起来，他们憧憬着即将到来的新生活，能够一扫眼前的阴霾，让他们获得新生。

为此，萧红还特意做了一套西装，去理发店烫了一头短发，这与之前总是梳着两条辫子的形象大相径庭，可见，萧红确实希望借这次日本之行，让自己焕然一新。

7月15日，病中的鲁迅勉强挣扎起来为萧红饯行。当晚，许广平亲自下厨做菜，招待二萧，鲁迅还亲切地谈及日本的一些风俗习惯，以及面对船上检疫员的查验，不要慌张，那不过是虚张声势，末了，还对他俩说了些劝勉、鼓励的话。

萧红自然是一一聆听并记在心上，为了不打扰鲁迅先生，她和萧军还约定，离沪之后，不给先生写信，以免他为回信而分神。

看着藤椅上先生憔悴的病容，萧红心里猛然一酸，这个不是亲人胜是亲人的病弱老人，曾经无私地呵护、帮助她，让她在上海这个陌生的城市，找到了久违的家的温暖，她爱戴他，更感激他。

萧红怎么也不曾料到，这一次，他们竟成永别，短短的三个月之后，鲁迅便不幸病逝于上海，而那时萧红正独自行走在异国陌生的土地上，竟无缘见先生最后一面。

鲁迅对萧红一生的影响堪比其祖父，因而，她对鲁迅爱之深，敬之重，全然不像有些人所说的有不一般的感情，若说不一般，那便是她的爱不掺杂名利和政治，是纯粹的个人的情感。

屏山遮断相思路

萧红与萧军

异国他乡的逃避

世界上最遥远的距离，不是我站在你面前，你却不知道我爱你，而是明明知道彼此相爱，却不能在一起。

——泰戈尔

鲁迅纪念馆里保存着一张二萧分别时的照片，那是7月16日，黄源为他俩饯行后，三人一起去万氏照相馆的合影。照片上，他们三人搭着肩膀，黄源居左，萧红穿着格子旗袍，微笑着站在右侧，一头烫卷的短发，多了几分成熟，神情看起来也还不错。

离别的钟声即将敲响，东渡的船只已然靠岸，一对相依相守四年的爱人终将易水而居，天各一方。

难舍、伤感、心痛是自然的，正如柳永《雨霖铃》的词阕中，那经典的一幕：执手相看泪眼，却无语凝噎。

岸上的萧军后来回顾当时的心情，也伤感地写下了"我们自从一九三二年间同居以后，分别得这样远，预期得这样久，还是第一次，彼此的心情全很沉重，这是可以理解的！"虽然言语之间的情意并不见深，却也承认自己当时心里还是不舍的。

船上的萧红百感交集，想到东兴顺旅馆，萧军从天而降，拯救自己脱离苦海，想到欧罗巴旅馆自己殷殷期待萧军归来，想到商市街他们围在火炉旁，吃黑面包涂盐巴，想到青岛夜晚灯下，你追我赶写稿的情形，想到拉都路分开睡的夜晚，因感到离得太遥远而在暗夜落泪的情景，一桩桩一幕幕恍若在眼前。转念又想到萧军在哈尔滨与陈涓的暧昧，想到在上海时，他对自己的冷漠，想到他写给情人的诗，想到他对自己的讥讽与谩骂，便觉得还是暂时的分别，让彼此冷静一下为好。

蓝色的海面上，一艘航船缓缓而行，渐渐消失在人们的视线中，这便是1936年7月17日，萧红离开上海时的情景。

分开还不到半天的时光，萧红便已对萧军思念不已，于是她写下了在海上的第一封信。

> 君先生：
>
> 　　海上的颜色已经变成黑蓝了，我站在船尾，我望着海，我想：这若是我一个人，我怎敢渡过这样的大海！
>
> 　　这是黄昏以后我才给你写信，舱底的空气并不好，所以船开没有多久，我时时就好像要呕吐，虽然吃了多量的胃粉。
>
> 　　现在船停在长崎了，我打算下去玩玩。昨天的信并没写完就停下了。
>
> 　　到东京再写信吧！
>
> 　　祝好！
>
> 　　　　　　　　　　　　　　　　　　　　　　　莹
>
> 　　　　　　　　　　　　　　　　　　　　　七月十八日

初到东京，许粤华帮萧红租住了趣町区富士见町二丁目九一五中村方的一处住所。房子不是很大，但布置得很规整，尤其是铺在地板上的席子，令萧红想到若是萧军在，一定先扑上去，打一个滚。这如画一般的屋子，萧红很是满意，唯一的遗憾便是少了些什么。

屋外的蝉鸣，踏踏的木屐声，让她清醒地意识到自己身在异国他乡，空荡荡的屋子里有桌、有椅、有席，却少了与自己患难与共、执手相随的萧军。

安置好一切，萧红便迫切地想将这一切告诉远方的萧军，她更想知道的是离开这四天，萧军还好吗？吃了些什么？睡得可好？于是她发出了自己到东京的第一封信。

信的开头便是三连问："你的身体这几天怎么样？吃得舒服吗？睡得也好？"介绍完自己的新居，信尾还不忘叮嘱萧军要记得吃药，少吃些饭，可以适当地游泳。

这些谆谆之言，无不浸透着萧红对萧军深沉的爱。絮絮不止的叮咛，便是无限绵长的牵挂。

陌生的东京，让萧红感觉自己像被充军西伯利亚一般，唯一认识的许粤华也忙得看不见人影。周围除了语言不通的日本人，便是木屐发出的咯咯声，书铺里那些看不懂的字符也将萧红拒之门外。这样的处境让她再一次体会了初到上海时的无聊和茫然，那时，有萧军的陪伴，纵然空虚无助，心里也是踏实的。

没有萧军的东京，对萧红来说，就是一座空城，寂寞而寒冷，她在写给萧军的信中也坦言不知在这里能坚持多久。她写给萧军的信一封接一封，却迟迟收不到萧军的来信，这让无助的萧红心里更多了几分烦躁和焦虑。

萧红收不到萧军的信，一则路途遥远，信件辗转需要时间，二则也由此可以看出萧军与萧红在情感方面的差异。萧红的世界里只有萧军，她所有的倾诉对象也唯有萧军一人，因而，她的情是主动的，即使没有回应，也会一波波汹涌而去。萧军则不一样，他的世界很广阔，有朋友，还有一堆的事情和活动需要奔忙，萧红只占据了他生活的一个小角落，对他的情绪起不了多大的影响。

二萧之间这种不对等的付出，也是两人情感天平失衡，导致二人关系倾覆的一个重要原因。

无人可言，无处可去之外，还有一个重要原因令萧红苦闷，那便是她找到弟弟张秀珂的住所时，从房东口中得知弟弟已经离开东京。

想象的姐弟重逢的美好画面，顷刻间不复存在，让本就孤独的萧红，更添了几分失落。

落寞之中，萧红只能静心创作，在无声的文字中，宣泄一腔的热情。

创作让她的心绪趋于平静，又因收到萧军的来信，知道他过得很快乐，身体也很健康，紧绷着的弦也松弛了下来。

她在写给萧军的回信中，还介绍了自己的成绩，已经写成并发出去三篇：一篇小说，两篇短文，还准备写完手头的这篇短文之后，要准备写长的了。

萧红的心情似乎很好，写作劲头十足，甚至还和萧军开起了玩笑，她在信尾戏谑地说："我也不用羡慕你，明年阿拉自己也到青岛去享福。我把你遣到日本岛上来！"

随信还附了自己写的小诗《异国》。

　　夜间：这窗外的树声，
　　听起来好像家乡田野上抖动着的高粱，
　　但，这不是。
　　这是异国了，
　　踏踏的木屐声音有时和潮水一般了。
　　日里：这青蓝的天空，
　　好像家乡六月里广茫的原野，
　　但，这不是。
　　这是异国了，
　　这异国的蝉鸣也好像更响了一些。

这时，萧军初到青岛，住在山东大学教员的单人宿舍里，住所位于山腰中间，楼周围有大片的洋槐树和灌木丛，山树掩映之处，有一片小型体育场，有跑道、单双杠一类的体操用具，这对行伍出身的萧军来说，不啻是一个理想的环境。

为了更好地创作，萧军将自己的作息时间也进行了军事化的安排。六点起床，在小操场锻炼一小时，接着吃早点，八点左右开始写作，中午吃完饭后，去海滨浴场游泳，他甚至还规定了边走边吃半斤葡萄，接着三点开始写作。

这般严格的时间安排表，大多人坚持一两日便会弃之不顾，而萧军竟然在山东旅居的约两月时间都能按此表行进，也足见他身上不失军人的风范。

天各一方的距离，让不相容的一对爱侣，隐去了彼此眼中的不足，幻想着对方的美好，鸿雁传书，寄托相思。

这看似温和的表面，依然是腐肉横生，暂时的平静，并不意味着两人爱情的回归。他们选择了一种逃避的方式解决问题，便注定那些残留在深处的菌体，在平静而温暖的环境里滋长。

令萧红未曾料到的是，接下来戏剧性的一幕，更是将她和萧军之间的感情推向了万劫不复的深渊。

黄源的妻子许粤华，萧红在东京唯一认识的人，迫于经济压力，中断学业，也离开了日本。这个曾经在异国帮助过萧红的女子，却在回到上海之后，与萧军互生情愫，结下爱情之种，不得不说是造化弄人。

许粤华离开之后，偌大的东京就只剩下萧红一人，身处对中国虎视眈眈的异国，且身体又不争气地病了，头痛、发烧、全身酸痛、疲乏无力，身旁没有一个可以照顾她，或者哪怕只是说几句宽慰话的人，这样的处境何其凄凉。

萧军晚年回忆至此，终于明白萧红的病痛，并写下了自己的悔意。他是一个健康的人，无法理解和体会病人的疼痛，总希望萧红主观上能坚强起来，克服身体上的病弱，却不明白那种痛，有时会让人生不如死。

这也是二萧不和谐的因素之一，萧军如犍牛，萧红如病驴，两副不相称的身躯下，又成长着两颗火热而高傲的心，自是无法俯首迁就。

及至晚年，萧军也不愿承认萧红的病弱是与自己同居时，营养不良、休息不足、积劳成疾导致的，而是归责于萧红幼年生活的黯淡以及与社会、家庭的斗争。

萧红早年的生活是富足而安乐的，后来离家出走，也只是短暂的一个月流浪，不足以影响她的身体，真正的致病根源是她逃离东兴顺旅馆，生产之后，那段最贫穷而艰苦的日子。

寂寞相思浅纸诉

我总是躲在梦与季节的深处，听花与黑夜唱尽梦魇，唱尽繁华，唱断所有记忆的来路。

——席慕蓉

1936年秋，萧红独自蜷缩在东京的屋檐下，忙碌地沉浸在小说《家族以外的人》的创作中时，海的那一边，她的爱人萧军也正安谧地享受着完成鸿篇巨制《第三代》部分内容的战绩。

在看似风平浪静的温和之下，国内的形势已是异常严峻，日本的步步紧逼让国人终于意识到一味地妥协、退让，只能令敌人的野心无限的膨胀，最终可能国破家亡。唯有举国之力，与之进行殊死较量，方能实现真正的自由和解放。

于是，中共再一次做出了国共合作的决策，呼吁停止内战，联合抗日。

暴风骤雨的前夜，两个热心国事的年轻作家，却无缘与会，他们正忙着用自己手中的笔，写下一首首战斗的篇章，鼓舞那些还在黑暗中摸索的人，拿起武器，勇敢斗争。

萧军总是埋怨萧红只考虑个人的安危与荣辱，于民族大义方面则显得有些消极，不具有积极的战斗精神。这是他对萧红的误解，正如人们无法理解鲁迅先生面对敌人的搜捕，不是勇敢地面对，而是躲进租界，以求自保。

无谓的牺牲，不能换来成效，只会令亲者痛，仇者快，不如保持有限的生力，尽自己最大的努力。

在这方面，萧红从来就是一个斗士，即使在孤苦无依、全身病痛的情形下，依然能保有每天十几页，四五千字的创作量，这实在是惊人的。

萧红在日本的生活是单调的，除了写作，就是给萧军写信，她总在信中抱怨萧军给她的信少，也可能和寂寞的心境有关。一日不见，如隔三秋，她希望每天都能读到他的来信，哪怕只言片语也能慰藉她孤寂的灵魂。

她在八月二十七日发往青岛的信中便这样写道：

> 这文章没有写出，信倒写了这许多。但你，除掉你刚到青岛的一封信，后来十六号的（一）封，再也没有了，今天已经是二十六日。我来这里一个月零六天了。

萧红的心情可以用度日如年来形容了。她写给萧军的信一般涉及三个方面的内容：汇报自己的生活和写作进度；关心萧军的生活及写作的情况；了解朋友的近况。

她对萧军的关心，已经到了一种近似疯狂的程度，也让萧军感到有些窒息和厌烦，对她指令一般的要求，大多都是敷衍。

如她在八月十七日发的信中，这样写着：

> 现在我庄严地告诉你一件事情，在你看到之后一定要在回信上写明！就是第一件你要买个软枕头，看过我的信就去买！硬枕

头使脑神经很坏。你若不买，来信也告诉我一声，我在这边买两个给你寄去，不贵，并且很软。第二件你要买一张当作被子来用的有毛的那种单子，……也为你寄去。

萧军可能曾经喊过头痛，萧红在日本看到软枕头，又不知从哪里听得一个理论，软枕头对脑神经好，便郑重其事地要萧军买软枕头。她也了解萧军的性格，大概是不会把她的要求当回事，便用了"庄严""一定"等字样，还退一步提出从日本寄回去的想法。

这样的关心，对一个爱她、懂她的人来说，可能是一件极幸福且享受的事情，对萧军来说却成了一种负担，觉得关心太多，使他不舒服，以致厌烦。

情人眼里出西施，爱着一个人时，他身上的缺点都成了自己眼中的优点，更不要说对方对自己的关心和体贴。

萧军和萧红分手，很多人以为是性格不合、价值取向差异，甚至归咎于身体方面的失衡，这些因素，在他们相遇之初便存在者，也彼此知悉，若爱，是不会成为他们分开的理由的。

真正的原因不过是彼此不相爱，再耗下去也没有希望，不如放手，寻找各自的幸福。

此时的萧红还深爱着萧军，而萧军对萧红已没有了情人之爱，有的不过是一份无法推卸的责任。

这样的关心，在萧红的信中不止一两处，如初到东京时，写信让萧军记得吃鸡子（鸡蛋），少吃饭，吃西瓜一次不要吃太多，还有后来让萧军替自己给他买外套等，萧红对萧军的生活事无巨细，件件在心。

萧军对萧红的用心似乎就少得可怜，对萧红在信中反复提到的"剧烈的肚痛""胃还是坏""身体很不健康""喉咙很痛"等种种不适，只能从萧红九月十九日的复信中看出他之前信中建议过萧红去医院看看，其他便别无痕迹了。

在孤苦、寂寞之中，除了萧军的来信之外，能让萧红感到安慰的还有收到萧军的照片。

萧军偶然之间花五元钱买了一只"照相箱"，竟然可以用，便照了几张，随信寄给萧红。

萧红虽然很少照相，却用草图的形式，向萧军展示了她屋子的结构，当然，她也收到了萧军的图画，上面还画了两个可爱的小西瓜。

萧军在信中喜欢称萧红为"小麻雀""小海豹""小鹅"等，这是同住时，他给萧红起的外号，一开始萧红假装生气，后来慢慢喜欢上了这样亲昵的称呼，她在信中也称这样的称呼使她有点感动，高兴时便自己署名"小鹅"。

这样孩子气的时候毕竟是少数，萧红在信中比较多的时候是向萧军夸耀自己创作的成绩。如在二十七日的信中提到要写三万字的短篇，之后是写童话。

很快她在八月三十日，三十一日发出的信中向萧军报告了自己的进度，"三万字已经有了二十六页"，还称已经打破了纪录，可见此时的萧红的写作劲头很快，在九月四日便宣告五十一页已经写完，这便是后来发表的《家族以外的人》。

除了新作的诞生，还有令萧红感到愉悦的事，9月10日，她收到黄源的来信，附寄萧军的小说集《江上》以及自己新出的散文集《商市街》等，这让萧红闲暇之余，有了可以消遣的精神寄托。

除了创作之外，萧红还为自己安排了一项新的任务，去补习学校学日语。

这样，自九月中旬开始，她便不再感到寂寞无聊了，连萧军写信劝她回青岛同住的要求也决绝了，称要学好日文了才回去。

每天上课、写作之余，在安静的东京夜里，读几首唐诗，便觉得分外的满足。

萧军在青岛的日子也是悠然惬意的，他在晚年回忆时，便感叹青岛度过的短短两个月时令他很怀念。那时的他无忧无虑，可以不担心生活，不为情感所扰，自由思索，自由写作，哪怕整天不说一句话，不和任何人打交道，他也觉得是舒服的。

这样的环境对萧军的创作也是极为有利的，他完成了《第三代》第一部的后半部分，还写完了第二部的初稿，总字数约有十几万字，速度确实惊人。

萧红在得知这一消息后，戏谑地赞他"真是能耐不小！"还特意使用了"小东西""坏得很"这样的亲昵称呼，可见，她也为萧军的成绩而欣喜。

闲暇之时，萧军抽空去了崂山，并把崂山之行的经历介绍给了萧红，还附寄了几张照片。

他还重游了"观象一路一号"曾经的住处，以及"荒岛书店"，海边的栈桥等这些他和萧红初到青岛时走过的地方，物是人非，却不免让人怅惘。

曾经执手并肩，低首耳语的画面，只剩一个人的徘徊和惆怅。

撇开爱与不爱的话题，此时的萧军与萧红，身在天涯，却心向一处，萧红写给萧军的三十几封书信，句句情意绵长，思之深切，萧军写给萧红的回信，虽然已无从可考，然而从萧红的信中也可以看出字字动情，声声有意。

拉长的距离，隔开的时空，却温暖了两颗孤寂的心。

惊闻恩师离世之痛

有的人活着，他已经死了；有的人死了，他还活着。

——臧克家

1936年10月19日，这是中国现代文学史上黑暗的一日，凌晨六点左右，尚在沉睡中的萧军被一阵急促的敲门声惊醒，黄源夫妇阴沉的神情，令他忐忑不安，心底有个不好的念头一闪而过，可他却怎么也不愿相信，这样的事情真的会发生。

先生走了，当萧军跌跌撞撞地赶往大陆新村的周家时，见到的是已经闭上双眼，安详地躺着的鲁迅先生了。他再也不能用略显磁性的声音鼓励萧军，也不能用慈祥中带些严厉的眼神注视萧军，此刻，他静静地躺在床榻上，周围的哭泣和呼喊也不能让他有丝毫的动容。

萧军扑倒在床前，抚摸着先生余温尚存的身躯，流下了男儿不轻弹的伤心之泪。这个坚强、勇敢的男儿，被开除学籍，流浪他方时没有哭过；饥寒交迫，危险丛生时，没有哭过；亲人离世，孤苦无依时，没有哭过，今日却在鲁迅先生的榻前哭了。

他还清楚地记得自己与萧红收到先生第一封来信时，欣喜若狂的激动，记得收到先生见面邀请信时的不可置信，记得第一次在内山书店见到先生时的心绪难掩，记得先生的二十元资助，先生帮他们投出的第一篇文章，以及先生的一言一笑，一行一止，难以计数的画面，无以言表的感恩，涌在心头，唯有长歌当哭，以敬先生之灵。

而这一刻，身在异国的萧红，仍然沉浸在自己的世界里，学日文、写作，对鲁迅先生离世的消息浑然不知。

鲁迅一生最钟爱的学生便是萧红与萧军，可能内心深处，他更偏爱萧红一些，只因男女之防，往往将萧军提在萧红之前。萧红的为人、为文，都颇得鲁迅先生真传，可以说是先生所关爱的年轻人中最像他的，对其偏爱也在情理之中。

只可惜，萧红是一个原则性很强的人，当时离开上海时，与萧军的约定，不给先生去信，不让先生在养病之时分心，她始终记在心里，便真没有给先生写一封信。

这令总是微笑着称呼"悄太太"的鲁迅先生，临终之前数日，还对萧红的行踪牵挂不已。

他在10月5日写给茅盾的信中，还伤感地提到："萧红一去之后，并未给我一信，通知地址；近闻已将回沪，然亦不知其详……"

不曾想十几日之后，他便在这"不知其详"的遗憾中悄然离开了人世。

20日早晨，萧红在一家日本餐馆吃饭，无意间看见报纸上有标题为"鲁迅的偲"一文，因是日文，不甚明了，只是文中反复出现的"逝世"二字，令她有些心惊肉跳，然而她是绝不敢将这词与鲁迅先生联系在一起的。

"偲"究竟是何意，不安的萧红，失魂落魄地回到了住处，她心底不断地告诉自己，一定不是鲁迅先生，一面又胡思乱想，思绪像打了几个结的乱麻一般，毫无头绪。乃至撑着雨伞一直往房间冲，直到女房东咯咯笑着提醒她"伞……伞……"她才意识自己已经恍惚到忘了收伞。

在20日写给萧军的信中，萧红只字未提自己不祥的猜测，反是试探地问萧军"报上说是L.来这里了"？看来她隐隐的不安还是没有消解。

21日，萧红来到昨天的饭馆，再一次接触到那些语焉不详的报纸，心底的惶恐不安更加深重，她想到之前曾与许粤华同住过的那位中国女士，便匆忙乘坐电车赶往那位熟人的住处，希望她能够帮自己打消疑虑。

萧红并非真的疑惑，以她的聪明和敏感，应该能猜到事情的真相，她只是不愿接受这样的事实，希望外界的力量帮自己推翻心底的预测。

这位熟人的确暂时打消了萧红的噩梦，她也不相信鲁迅先生会突然离世，还安慰萧红不久前还读到先生发表在《作家》《中流》杂志上的文章，打趣她有些杞人忧天。听了这样的安慰，萧红获得了片刻的安宁，心里也顺从了自己不愿相信事实的意愿。

然而，从萧红晚间写给萧军的信可以看出，她似乎还是知道鲁迅逝世的消息了。"前些日子我还买了一本画册打算送给L.。但现在这画只得留着自己来看了。"画册尚存，欲送之人却已魂归故里，令人痛心。

萧红真正确认鲁迅先生离世是在10月22日，正是靖国神社开庙会的日子。她怀着异常悲痛的心情坐在教室里，听日语课上，教员讲些有趣的拜神之类的故事，引得下面的学生哈哈大笑。

在无知的笑声中，萧红感觉出了极大的悲哀，"民族魂"鲁迅先生永远地离开了，而他为之奋斗终生的国民，却在敌国的土地上开怀大笑。甚至还得意地评价鲁迅先生"文章就是一个骂"，为人还"尖酸刻薄"，这实在令萧红心痛之外，愈加悲愤。

先生走了，萧红想到疼她如祖父一般，严厉如师长一般的慈祥老人，再也不会和蔼地称她"悄太太"，不会语重心长地告诫自己要注意那些奸险小人的嘴脸，不会乐滋滋地品尝她烙的葱油饼，赞不绝口。

祖父离世时，萧红还未经人事，不晓得生活的酸涩苦楚，她痛，只因最疼爱自己的那个人走了，就再也没有能给予自己爱的人了。

鲁迅离世时，萧红已历经艰难困苦，尝尽辛酸五味，懂得了人情冷暖，她痛，是因失去爱和温暖自己的人，人生便索然无味。

她不能像萧军一般伏在先生的床榻边放声痛哭，不能为先生办理丧事，甚至不能及时送一束鲜花至先生坟前，便只能在夜深人静的东京，一个人伏在桌边，默默地流泪。她在写给萧军的信中叹道："可惜我的哭声不能和你们的哭声混在一道。"这样的遗憾对萧红而言，是无法弥补的。

有人质疑萧红对鲁迅的敬重之情并非如她文章中表现出来的那般深厚，否则鲁迅逝世，这般重大的事件，她怎能稳坐东京而无动于衷呢？不应该是惊闻先生去世的消息，便速速回国，参加其葬礼吗？

也有人反其道而行之，据此得出萧红与鲁迅之间有非凡情感的依据，否则，不回国治丧，不是在有意躲避吗？

鲁迅之于萧红、萧军的感情深重，有类亲人，却毕竟不是亲人，并不一定要千里迢迢回家奔丧，况且萧红受鲁迅影响，是一个无神论者，并不相信死后魂灵之类的诡谲之言，人既已死，参加葬礼不过是活着的人的游戏，萧红也不会太注重这样的形式。

鲁迅先生的离世，最受打击的是许广平，人到中年，失却爱人的悲痛自不言说，又有鲁迅年迈的母亲需要抚养，有六岁稚子需要哺育，这般沉重的责任压在一个瘦弱女性的肩膀上，委实艰难。

萧红在给萧军的信中，多次提到让萧军去安慰许广平，并时常约些朋友去看看她，排解她的悲痛和苦闷。

从这点上可以看出萧红确实是一个重感情、知感恩的人。那些与鲁迅、许广平一起相处的日子，让她感受到了家庭的温暖，也看到了为人父母对子女的拳拳之心，她对鲁迅有如父般的敬爱，对许广平也不是全然无情，对小海婴更是心疼不已。

她的情太专一，给了萧军，留给其他人的便只剩星星点点，因而，渐渐也失去了朋友和亲人的情意，让她的生命之中，除了爱情，别无所托。一旦爱情崩盘，整个生活便成了悲剧。

沉醉于爱情而无法自拔，并不是萧红的错，错在她将自己的赌注压在了一个极不稳定的爱情对象身上，且还要求他有着和自己一般对等的感情，这便生成了她的悲剧，这种悲剧在萧红与萧军共同生活的六年时间里，时常会发生。

萧红离沪短短的半年时光，萧军那多情的因子便绽放了爱的火花。

沙粒——卑微的爱

此刻若问我什么最可怕？我说：泛滥了的情感最可怕。

——萧红《沙粒·二十七》

渐渐习惯的生活，越来越娴熟的交流，萧红开始试着融入这座安静到没有生气的城市。

她给萧军的信中也会抱怨东京生活的烦闷和孤苦，萧军让她回上海的要求，她也总是严肃地拒绝。东京，纵然不喜欢，既然来了，倔强的萧红是不会认输的，她没有忘记自己和萧军的一年之约。

然而萧红的计划还是被迫中断了，她在1937年1月9日踏上了回国的旅程。

萧军在1936年12月初的信中催促萧红回国，告诉她张秀珂来了上海，希望他们姐弟重逢。

萧红自然不懂萧军的挣扎，她在1936年12月15日写给他的回信中，直接表明了自己不回去的意思，还在信中叮嘱萧军夜里要少吃东西，喝酒前至少先吃点下酒的东西，担心萧军的被子薄，建议他将被子带到淑奇家，让她帮萧军加点棉花。

在萧红看来，萧军对生活的细节毫不在意，尤其关于身体方面，那些看似无关紧要的小事，却总令萧红放心不下。

爱总是能轻易蒙蔽人的双眼，萧红似乎没有意识到，健康的萧军并不需要注意这些琐碎的细节，萧军称自己"皮糙肉厚、冷暖不拘"，十几岁开始习武，多年的军事锻炼，枕头硬、被子薄，夜间吃东西等这些对强健的他来说，实在是不值一提，说多了只会令人厌烦。

真正需要注意的应该是萧红自己，她体弱多病，十天里有八天是被头痛、肚痛、胃痛等各种病症袭扰的，在她以为习以为常，实则这是病态的。她对萧军的用心落在自己身上但凡有一两分，也不会将身体拖到无药可救的地步。

萧红自是不会想到自己心心念念、时时牵挂的爱人，背着自己竟然做出了令人不齿之事。

不知是萧军信中有所吐露，或是萧红从其他渠道略有耳闻，她即使不确定事情的真相，大概也猜到了大致的脉络，在这样的境况下，萧红在东京是再也留不住了，便于1937年1月4日给萧军发出最后一封信后，9日从东京坐船到横滨，再搭乘日本游轮回到上海。

从2日到9日，这短短的几天时间，萧红必然是痛苦而绝望的，一腔热血换来了一地冰霜，这样的极热至极冷，让她心碎到无处躲藏。

她用组诗《沙粒》多情而凄苦的言辞，写下了自己当时绝望的心绪。

> 今后将不再流泪了，
> 不是我心中没有悲哀，
> 而是这狂魍的人间迷惘了我了。（十一）
>
> 和珍宝一样得来的友情，
> 一旦失掉了，

那刺痛就更甚于失掉了珍宝。（十二）

失掉了爱的心板，
相同失掉了星子的天空。（二十五）

当悲哀，
反而忘记了悲哀，
那才是最悲哀的时候。（二十六）

海洋之大，
天地之广，
却恨个自的胸中狭小，
我将去了！（二十九）

野犬的心情，
我不知道；
飞到异乡去的燕子的心情，
我不知道；
但自己的心情，
自己却知道。（三十）

什么最痛苦，
说不出的痛苦最痛苦。（三十四）

一句"说不出的痛苦最痛苦"，让萧红心底的悲伤一览无余。

《沙粒》一共三十四组，前半部分凄美之中尚有温暖和刚毅，后半部分则全然是悲痛的宣泄，显然是两种不同的心境。

七月里长起来的野菜，

八月里开花了；

我伤感它们的命运，

我赞叹它们的勇敢。（一）

绿色的海洋，

蓝色的海洋，

我羡慕你的伟大，

我又怕你的惊险。（九）

　　萧红的自尊心似乎极强，她从不用散文的方式叙写自己与萧军之间的情感裂隙，只有伤到深处时，才写下一行行悲情的诗句，以委婉的方式写下自己的心曲。

　　萧军晚年对萧红写给他的信作注时，曾直言："那是她在日本期间，由于某种偶然的际遇，我曾经和某君有过一段短时期感情上的纠葛……"也提到了让萧红回国的意图："为了要结束这种'无结果的恋爱'，我们彼此同意促使萧红由日本马上回来。"萧红便是充当调节剂的作用，提前结束了她的旅居日本的行程。

　　令萧红伤心的理由除此而外，还有一篇萧军发表的小说——《为了爱的缘故》。这篇小说讲述了一个受过正规军事训练的青年知识分子，为了拯救一位有文学才能的女子，不惜放弃自己参加抗日革命斗争的理想，但这放弃也让他痛苦、矛盾。在为一个人打算，还是为大多数人打算方面，为了爱情，萧军选择了为一个人打算。正如张爱玲在《白玫瑰与红玫瑰》中一针见血地分析："娶了红玫瑰，久而久之，红的变了墙上的一抹蚊子血，白的还是'床前明月光'；娶了白玫瑰，白的便是衣服上的一粒饭粘子，红的却是心口上的一颗朱砂痣。"萧红和革命事业就是萧军的白玫瑰与红玫瑰。

　　他放弃了革命事业，便念念不忘，渐渐将自己不可得的遗憾转嫁成对萧红的埋怨。

其实，萧军当年未能投身于东北抗日革命军的队伍，与萧红或有关系，但绝不是主要原因，只是人往往习惯推卸责任，为自己找到合理的借口，便无限放大了外来的因素。

萧军笔下的"芹"便是困守在东兴顺旅馆的萧红，而那个知识分子青年，则是萧军自己。萧红读罢此文，发出这般感慨："芹简直和幽灵差不多，读了使自己感到了战栗，因为自己也不认识自己了。"并负气地说出"从此我可就不愿再那样妨害你了，你有你的自由了"这样的话。

萧红一直骄傲于自己与萧军的爱情，因而，她小心翼翼地守护着它，她以为萧军和自己一样，也很看重他们之间的爱情，因而，即使他们之间演变成暴风骤雨，萧军一再精神出轨，她也将之归结为性格或价值观的差异。不曾想，萧军将她的相随，看成是一种拖累，这对一心爱着萧军的萧红而言，不啻是晴天霹雳，让她一时难以接受。

两情相悦，重在平等，平等的地位，平等的尊重，平等的付出，就像一架静置的天平，任何一方的负重，都会使天平瞬间失衡。二萧的爱情便是如此，从地位上来讲，萧红更像萧军的依附，萧军自己也坦言，他无法将萧红当妻子来对待，而是把她当一个孩子，孩子与成人自然是不对等的。从付出来看，萧红对萧军的爱远多于萧军对她的爱，这样的失衡自然无法实现真正的"生死契阔，与子成说。执子之手，与子偕老"的美好愿望。

风吹过海面，掀起的波浪一层层打着旋，海风呼啸着撞击着桅杆，甲板上的萧红，感到了与海一样宽广的孤独。

四年前，从她决绝逃出阿城，流浪在哈尔滨街头的那刻起，就像失去了根的浮萍，随风而逐，涌浪而逝。哈尔滨、青岛、上海、东京，没有一个城市能给她一个温暖的庇佑，她曾经以为商市街是家，以为拉都路、大陆新村是家，现在却发现，世界之大，她无所归依。

有亲人的地方便是家，上海没有了鲁迅先生，没有了爱她的萧军，还有弟弟张秀珂，还有一群志同道合的朋友。萧红怀着一种别样的情怀，踏上了回上海的旅程。

画眉深浅入时无

萧红与萧军

上海，心痛的重逢

萧红的回归，令萧军在欣喜和感激的同时，心怀愧疚。他和黄源夫妇私下里达成共识，他们之间的事情不让萧红知悉，因而，在萧红面前，大家俨然不曾有过任何的不快，还是之前无话不谈的密友。

在当晚黄源为萧红举办的接风宴上，萧军表现出难得的细腻，席间，还劝萧红少喝两杯花雕酒。

萧红也想当一切不曾发生，她笑意嫣然地与朋友们聊天，豪爽热情地举杯共饮。

在座的有一位哈尔滨时期的旧友，他们闲聊时，提到了住在十三道街口时的情景，萧红清晰地记得借宿在此君亲戚家的夜里，萧军弹奏月琴，喝醋的场景，时光荏苒，岁月依旧，而心境却早已是流水落花春去也。

那时的萧军，是爱着萧红的萧军，他们享受着情人之间最浪漫的时刻，一起散步，一起逛公园，一起划船出海，一起参加牵牛坊的聚会。

抚今追昔，心中酸楚涌上心头，眼前欢歌笑语，却让她感觉到难以言说的寂寞，一个人的寂寞。

回到上海后，萧红与萧军住在吕班路256弄一家俄国人经营的家庭公寓里，依然属于法租界，周围聚集了不少的文化人，漂泊上海的东北籍作家也大多租住此地。

公寓是一排整齐的西班牙式楼房，上下三层，门口有石阶，这也是二萧在上海最后的落脚地。

从初到上海租住在拉都路杂货铺的亭子间，到福显坊临窗对着小菜园，再到萨坡赛路唐豪律师的居所，以及北四川路离鲁迅家步行十几分钟的"永乐里"，短短的两年时间，二萧在不断搬迁中，从初到上海时不名一文的文学青年，迅速成长为声名显赫的文坛名将。

他们能传奇一般地成名，主要得力于鲁迅先生的大力提携。回到上海，萧红自然要第一时间去拜谒鲁迅先生，这个迟到的学生，要在先生的墓前酣畅淋漓地痛哭，寄托自己的无限哀思。

萧红一生中最重要的三个男人：祖父、鲁迅、萧军。祖父与鲁迅已经离她而去，生命中少了两个最疼爱自己的长辈，而萧军，已然不是自己的萧军了，世界之大，唯留她一人，龌龊独行，这是何等的凄凉和无助。

墓地归来，萧红写下如此深情而痛彻心扉的诗句：

> 跟着别人的脚迹，
> 我走进了墓地，
> 又跟着别人的脚迹，
> 来到了你的墓边。
> ……
> 我们走出墓门，
> 那送着我们的仍是铁钻击打着石头的声音，
> 我不敢去问那石匠，
> 将来他为着你将刻成怎样的碑文？

这里"别人的脚迹"不是别人，正是萧军，萧红最深爱的人。此时，在她的笔下，他已经变得如此陌生。

与她在东京给萧军写那三十几封信时的情意绵绵截然不同，萧红的心冷了，像这冬日阴冷而潮湿的天气一般，她的心也霉出了一层绒绒的绿，再也没有阳光能够温暖她的心田。

敏感的萧红，自然也觉出了朋友们对她的回避，这让她顿生被人遗弃的这种感觉一旦生出，便如长了藤的蔓，不断地攀爬，筑成一层密密的墙，将她紧紧地包裹在其中，无法突破。

眼见朋友们谈笑风生，却在自己走近时，转移话题，或顾左右而言他，这是一种多么难堪而尴尬的场面。朋友们也许是好意，却给萧红带来了难以形容的伤痛，比之坦言直述，隐晦地猜想，更具有杀伤力。

忙碌的萧军，无暇顾及萧红的心情，他一面要处理工作、社交中的种种事宜，一面还要为自己那一时冲动的后果负责，据知情人士吐露，萧军与许粤华虽已理性地终结了这段感情，却不料许已经珠胎暗结。

有一天，萧红一个人到黄源家去，上楼时，她听到萧军和黄源夫妇热闹的谈话声，一时欣喜，没有料到在黄源家能与萧军意外相遇。

等萧红出现时，三人竟默契地停止了谈话，生活中这样的情形许是并不少见，萧红并未怀疑。她还热情地向许粤华说："这时候到公园去走走多好呀！"看见窗子开着，躺在床上的许粤华穿得有些单薄，还准备给她披上大衣，却不料，黄源忽然冷冷地打断了她："请你不要管。"

这近乎呵斥的语气，让萧红有些不知所措，又茫然地看看沉默的萧军和许粤华，有种特别委屈的感觉弥漫在心间，她不断告诉自己：这和我有什么关系呢？何必自作多情，心里却无比清醒地意识到，他们三个人必然是瞒着自己，有什么见不得人的事情。

黄源对萧红的呵斥，可能是心底压抑着的不满的发泄，他不敢将怨气发给萧军和许粤华，却对无辜的萧红横加指责。也可能是他对萧红的同情，看着被蒙在鼓里的女子依然热情地关心这个给予她伤害的人，黄源的呵斥实则是一种提醒。

怀念萧红的人很多，连见过一两次的后辈，也提笔深情写下与萧红相见的林林总总，而与二萧有密切关系的黄源，却没有留下只言片语，这实在有些于理不合。也许萧军与许粤华的这次出轨，注定了四人再也不可能回到之前的深情厚谊。

萧红内心千疮百孔，然而在与萧军同时出现在公众场合时，还是打起精神，尽量融入一派祥和的气氛中，连梅志也以为萧红回到初到上海时那神采奕奕的状态。

她在新刊邀请撰稿者的小宴会上，看起来心情颇好，情绪高昂，言语热烈而真诚，又得到不少新人的追捧，整个人看起来容光焕发，甚至有些飘飘然。

二萧表面的平静下，潜藏的不和谐因子，很快便被朋友们察觉了。据梅志回忆，有位日本进步作家来上海游历，想见见许广平和鲁迅的朋友们。二萧自然也来了，令大家比较关心的是萧红的眼睛，她的左眼青紫了很大一块，于是熟识的朋友私下便询问眼睛怎么了，还好心提醒她以后要多加留意。面对朋友的关心，萧红轻描淡写地说是走路时不小心碰到的。

送走日本作家后，大家一起散步，再一次有朋友提到萧红的眼睛，这次萧军终于忍不住了，大声说道："干吗要替我隐瞒，是我打的……"尴尬的萧红，还想扯起遮着布掩饰："别听他的，不是他故意打的，他喝醉了酒，我在劝他，他一举手把我一推，就打到眼睛上了。"这样的解释虽然牵强，至少不会让自己难堪，而萧军似乎连这点余地也不愿给萧红留，依然坚持道："不要为我辩护。"

萧红不是为萧军隐瞒和辩护，而是为自己遮羞，她是一个极要强的人，在朋友面前，她有才气，有名气，更令她感到骄傲的是，有令人羡慕的爱情。她没有亲人依靠，没有家族的庇佑，在众人面前，只有这点可怜的自尊，能让她觉得自己还有底气与他们同行。

这时的萧军可能在宴会上喝了些酒，借着酒精的勇气，一再地揭穿萧红的虚荣，而当他清醒时，似乎也没有了承认的勇气。他在晚年给萧红来信作注时，提到此事，便解释说自己梦中与人争斗，不料一拳打在萧红的左眼上，使她成了"乌眼青"。

然而，此事在作家靳以的《悼萧红》中也提到，可见并非是子虚乌有。不同的是，靳以从一个男人的角度，感觉到了萧红的委屈，"觉得这耻辱该由我们男子分担的"。他话里话外对萧军的暴力隐含着轻蔑。

　　萧军与萧红的不合，已经从言语上的争吵，上升到肢体上的暴力，足见感情已经到了岌岌可危的地步。

　　萧红对萧军也不再是一味地隐忍，在众人面前，她为宣泄心底压抑的苦闷，常常表示与萧军相左的观点，两人之间的针锋相对，也让朋友们觉察出二萧情感的裂痕。

　　她还将自己写于日本期间的组诗《沙粒》，整理发表在1937年3月20日的《文丛》上，署名"悄吟"，这个久已不用的笔名，重出江湖，是否也暗示出萧红一种别样的心态。

　　萧红与萧军同住的几年，写过诗歌《春曲》《幻觉》《苦杯》《沙粒》等，《春曲》是她爱情的蜜语，而其他几首则是她在对萧军的情感产生波动时流出的伤感之泪，《幻觉》《苦杯》她还没有勇气公之于众，而《沙粒》，她则勇敢地推到了世人的面前。

　　萧红似乎已经意识到她和萧军的爱情演不下去了，这虚伪的遮掩没有了意义，不如豁出去，彼此都清醒着。

爱与不爱的煎熬

逆来顺受，你说我的生命可惜，我自己却不在乎。你看着很危险，我却自以为得意。不得意又怎样？人生本来就是苦多乐少。

——萧红《呼兰河传》

1937年是一个多事之秋，中日战争正式拉开帷幕，中华大地硝烟弥漫，战火纷飞，国破家亡之时，曾经为艺术之争而面红耳赤、冷眼相对的文人们，在这场民族灾难面前，摈弃前嫌，团结一心，为中华民族的独立殚精竭虑。

1937年，也是二萧爱情生涯的最后时光，经历了传奇般的相遇、相爱，守住了贫穷困苦时的相濡以沫，共享了声名鹊起的荣光，却最终经不起平淡生活的考验，一对曾经令人艳羡的爱侣，成于一场倾城之恋，也毁于一场倾城之战。

短暂的离别，并没能拯救二萧之间岌岌可危的情感，反而雪上加霜，将两人的爱情推向更深的低谷。

二萧虽然才名相当，地位看似平等，然而在不平等的社会体制下，知识女性也很难得到相应的尊重，他们依附在丈夫或父亲的羽翼下，才能获得一定的社会地位。若是丈夫民主，两人自是神仙眷侣一般，如钱钟书和杨绛，若丈夫男权意识重，便只能命运悲戚了，萧红便如是。

萧红的朋友，都是通过萧军认识的，两人有嫌隙时，自然是站在萧军这一边的，更何况萧红离开上海半年，鲁迅先生逝世，这些客观条件，对萧红在朋友圈的立足更是不利。

一日，萧军在家招待几位东北籍的朋友，为置办酒食忙碌了一天的萧红，疲惫不堪，便早早地歇下了，蒙眬之中隐隐听到了他们的谈话，似乎是针对自己的。萧军轻蔑地说："她的散文有什么好呢？"朋友们立刻附和道："结构也不坚实！"

他们以轻松、戏谑的方式闲聊着萧红引以为傲的创作，无论这样的评价是否出自本心，对爱文学如命，在浑身疼痛、病魔缠身时也不忘记写作的她而言，便如挖心一般。可偏偏说出这般不屑之语的，还是自己所爱的人。

心底的激愤让萧红不顾一切地爬起来，突然出现在他们面前，原本热切的谈话戛然而止，大家默契地掩饰着突然而至的寂静。萧军为打破尴尬，假装关切地询问："你还没有睡着呀！"萧红扫了她一眼，冷冷地回道："没有！"

她想说：我若是睡着了，又怎能听到你在背后如此鄙薄地消遣我，我为你，整日操持，得不到半分爱惜，却得到这般嘲弄，又是何苦！

萧红心痛之余，也终于清醒地意识到，自己和萧军的爱情再也难以破镜重圆了。今夜这一切更坚定了她离家出走的决定。

去哪里？她想到自己昨日在萨坡赛路附近拜访的那家寄宿制画院，原本只是想暂时躲开萧军的朋友圈，冷静地思考一下。现在，她没有了犹豫，毅然地收拾行装，拎着自己的小箱子，揣着六元法币走出了家门。

天刚蒙蒙亮，萧军和朋友尚在熟睡，萧红踩着青石路，走进了隐藏在喧嚣城市之中的这处画院，近在咫尺，却不得而知，这是多么美好的意境啊！

萧红的出走，不过维持了短短的两日，第三天早晨，萧军的朋友便找到了这家犹太人开办的私立画院，萧红当时正在画画，对朋友的规劝自是不予理睬。

她不愿再回到那个令她窒息的地方去，也不想在爱与不爱的痛苦之中不断徘徊，就这样静静地作画，在色彩和线条的世界寻找一分安谧。

闻讯赶来的画院创办人，似乎也颇为惊讶，当得知来着是萧红丈夫所托的朋友，便埋怨道："呀，你原来是有丈夫的呀！既然你丈夫不知道，也不同意你来，我们是不能接受你的。"

萧红就像一个未成年的孩子得不到监护人的许可一般，灰溜溜地跟着两个朋友回到了吕班路。

这次失败的出走，没有得到萧军和朋友们的理解，反成了萧红性格孤僻、有些神经质的例证。惹恼了萧军的朋友们，萧红在上海唯一能诉苦的人便只有许广平了，她便时常去霞飞路许的新居坐上半天，向她诉一诉心中的苦楚，有时，也会碰到胡风的夫人梅志，这些离鲁迅近的人，在萧红看来才是属于她的朋友。

两个人情感上的事，无论是与非，第三者都很难掺和，况且他们与萧军也是朋友，自然不好偏帮哪一方，便只能说些无关痛痒的话安慰一下，使她暂时得到一些平静，真正解决问题的良方还要二萧自己去摸索。

性格粗枝大叶的萧军对自己犯下的弥天大错，转瞬间便抛到了九霄云外，细腻善感的萧红却将这一背叛铭记于心，并时时涌上心头，加之身体的病痛，初回上海，看似良好的状态，再一次被颓废、憔悴所取代。

孤立无援的处境下，萧红也无心提笔创作，为了摆脱这样的困窘，她想再一次离开上海，寻找一个让自己安静下来的地方，一个人慢慢地疗伤。

也许受萧军朋友圈的刺激，萧红想建立属于自己的独立的朋友圈，她想起了北平读书时代经常往来的一些哈尔滨籍好朋友，这根救命稻草是萧红孤立无援时心中唯一的希望，于是，她做出北上寻友、散心的决定。

萧红的决定得到了萧军的支持，他意识到自己和萧红之间近距离的相处，已是困难重重，不如放开彼此，给爱一条生路。

1937年4月23日，萧红第三次踏上了北平之路，与前两次的北平之行相隔五年，那时，她刚冲出家族的阻碍，怀揣梦想，欣喜又迷茫，有着对未知一切的忧虑。

时隔多年，萧红已不是那个初出茅庐的小女孩，收获了才女之名，却又饱受情爱之苦，她早已忘却在那座古老之城所经历的寒冷与不快，忘却表哥陆哲舜对自己的离弃，记住的只有朋友在她寒冷时给予的片刻温暖，这温度隔着几年的时空暖热了萧红冰冷的心。

上海火车站，又是一次不知归期的离别，站台上的萧军，目送萧红远去的身影，心中不禁也泛起一丝愧疚和不舍。这个女人，他曾经那般热烈地爱过，她也陪他吃苦受累，一起经历了沧桑与荣华。他们之间，即使爱情不再，她也是他的亲人，他有责任让她过得幸福。

寂静的黑夜，往往让人多了几分倦怠与孤独，回到空荡荡的屋子里，心里像缺了些什么，一向坚强的萧军竟有了一种想哭的冲动，他压抑着自己的情绪，动情地写下了这样的话语：

> 这是夜间的一时十分。她走了！送她回来，我看着那空旷的床，我要哭，但是没有眼泪。我知道，世界上只有她才是真正爱我的人，但是她走了⋯⋯

萧军对萧红也不是无爱的，也许是遗传父亲暴烈的性格，或是受叔叔们硬汉形象的熏陶，萧军刚硬的心难以化成绕指柔，自然也满足不了萧红对爱情的各种幻想。

列车在暗黑的夜幕下缓缓前行，萧红压抑了三个月的情绪如脱缰的野马，随车窗外不断消逝的旷野，散落一地。

在列车沉闷的响声和摇晃中，身心俱疲的萧红，沉沉地睡着了，这是她近来睡得最安稳的一觉，距离再一次化解了她心中的愁绪。

车窗外不时略过的风景，让萧红新奇的同时，又感到一丝遗憾，她多想和萧军分享这一切，于是，提起笔，在摇晃得几乎写不成字的车厢里，趁着列车停靠的片刻，给萧军写信。

萧军与萧红从最初的相爱，几年的相守，到近来迫不得已的分别，随着身份的变迁，他们的心似乎也离得越来越远。二萧都有着高傲的灵魂，谁也不愿俯首称臣，低下自己的头颅，向对方吐露心声。

萧红将不满压在心中，演变成烦躁和不安，萧军则打开门窗，让厌烦随风散去，留萧红一人独守，自己去外面享受新鲜空气。

若是两人能心平气和地坐下，倾诉或聆听对方的心声，或许二萧的传奇不会改写，萧红也不会落得英年早逝的凄惨命运。然而，人生没有假如，同样性格倔强的二萧，不可能为了爱情而丢下所谓的自尊。

北上，再一次逃避

　　我是个女性。女性的天空是低的，羽翼是单薄的，而身边的
累赘又是笨重的。

——萧红

　　1937年4月25日，经过两日的颠簸，萧红来到了北平。风景依旧，流年
不同，不变的街衢，萧红却再也无法回不到五年前的心境。

　　她选择中央饭店下榻，然后开始联系她和萧军在北平的朋友，萧军在
讲武堂时期有一个姓周的同学，住在宣外的太平桥，考虑到他是"老北
京"，对萧红找房子住可能帮得上忙，萧军便让萧红先去找这位周同学。

　　萧红跑了宣外、宣内，并未找到这位周姓朋友，便借着初到北平的新
鲜，重游了她在二龙坑的旧居，可惜，旧貌换新颜，此处已经改造成一
家公寓。

　　失望之余，萧红想到自己与陆哲舜住在二龙坑时，和李洁吾同来的有
一个东北籍的青年名李镜之的，当时在"汇文中学"做教员，或许可以通

过他知道其他人的下落。

萧红试探着找到李镜之的学校时，庆幸的是七年的时光在这里，似乎没有留下太大的痕迹，李依然在这里工作。

她从李镜之处得知李洁吾也在北平，还有一个刚满周岁的女儿。终于找到一个熟识的人，萧红欣喜不已，迫切地想要见到李洁吾。

李洁吾是萧红朋友中一个比较特别的存在，他们通过萧红表哥陆哲舜认识，在相处中渐渐了解，并建立起了深挚的友谊。陆哲舜与萧红关系断绝，并未影响两人之间的友谊，李洁吾反而更偏向萧红，疏远陆哲舜了。

有人认为李洁吾是萧红心仪的男子，两人志趣相投，彼此也有好感，只因有缘无分，时机差错，无缘表明心迹。

两人之间是否有好感，外人无从得知，以萧红对萧军的情感来看，她和李洁吾之间应该是志趣相同，彼此欣赏的知己，谈不上爱情，这和骆宾基之间的交往情感上相似。

黄昏时分，当萧红一袭黑大衣风尘仆仆出现在李洁吾面前时，他一时并未认出眼前的女子竟是多年前的张廼莹。那时的萧红年轻漂亮，身上洋溢着朝阳般的活力，与此刻面容憔悴的女子相去甚远。

萧红上前一把握住李洁吾的手激动地与他相认，两人感慨多年不见，彼此都变化颇多。萧红自中断学业，与汪恩甲回哈尔滨之后，两人便断了联系，李洁吾也只是从报刊和一些传闻中知悉萧红和萧军之间的故事。

萧红的热情、大方，看在没有接受过新思想熏陶的李妻眼中，无疑令她警备不已，一个陌生的年轻女子，独身来到自己家，还与丈夫又是握手拥抱，又是热切交谈，这个来自东北乡下的传统女人自然不能不怀疑。

出于礼节，她还是敷衍地招待了萧红，那冷淡的态度也让萧红意识到了女主人的不满。在李家吃了晚饭，又聊了一会儿。

这短暂的相会未能解二人多年不见的情意，送萧红离开时，两人约定明日再到李家详谈。

萧红离开后，李妻果然雷霆大怒，反复追问李洁吾与萧红之间的关系，无论李如何解释，也无法平息她的怀疑。

当夜，萧红心潮澎湃，久久难以入睡，夜里一点还在给萧军写信，汇报自己初到北平的种种情形。

第二日，萧红给萧军发出到北平的第一封信后，便匆匆赶到了李家，这时已十点多了，早早等候的李洁吾迟迟不见萧红的身影，还担心她会不会又不告而别。

姗姗来迟的萧红，穿了件深天蓝色的毛织西装衣裙，将头发用一根丝带束在脑后，少了一份天真烂漫，多了一份庄重严肃，她大概也是考虑到李妻的态度。

饭后，萧红讲到自己当年离开后如何身陷旅馆，如何得到搭救，以及与萧军的相识、相守，一起从事文学创作，还有从哈尔滨逃到青岛，又辗转到了上海。回首往事，萧红平静的心里又泛起了波澜，那些惊心动魄的生活画面，唤起了她心底早已冰冷的情爱，提到萧军，她动情地说："他为人是很好的，我也很尊敬他，很爱他。只是他当过兵，脾气太暴躁，有时真受不了。"

这应该是萧红的肺腑之言，对萧军的评价也比较中肯。

饭店的环境，萧红是极不满意的，一时又找不到合适的住房，见李洁吾家正有空着的房间，便试探着询问能否暂住，李洁吾夫妇商量后，同意萧红搬来暂住。

萧红从饭店搬到李家，被安置在东边的一间房子，房内布置了一张床和一张三屉桌。这独立的房间，萧红还是很满意的，可惜，李妻对她的敌意很深，萧红无法安然地住下去，很快便搬到北辰公寓入住，每月的房租是二十四元。

在李家的短短时间，萧红敏感地觉察到李洁吾夫妇之间也彼此各有痛苦，这让身处情爱迷雾中的萧红，意识到世界的生活，在表面的风平浪静之下，大多都是暗潮涌动，并非自己独独如此。在写给萧军的信中，她还戏谑道："可笑的是我竟成了老大哥一样给他们说着道理。"

萧红这句话的潜台词是：我自己的感情尚且理不清楚，还能给他们讲一番处理感情的大道理，确实可笑。

萧军似乎并未理解萧红的隐含意，在写给对方的信中关于他俩的感情问题，又是一番不折不扣的大道理。

安定下来的萧红，并未如她所期待的那般安心下来，记忆中美好的一切重现在面前时已是面目全非，这让她失落的同时，还多了一份物是人非的伤感，写作更是无心无绪。

离开萧军几天，她又开始陷入对他的思念，信中关怀备至，不断地提醒萧军不要喝酒，多吃水果，唠叨的习性并未有丝毫改变。

白天，萧红偶尔去李洁吾家坐坐，但彼此有了家庭的牵绊，再也不像年轻时那般，兴致高昂、热血沸腾，曾经热切关心的国仇家恨，在生活的琐碎中，也被消磨得褪去了热度。

想借怀旧、与老友交谈散心的萧红，彻底地失望了，她又成了一个被抛弃的人，看似熟悉的城市，已是陌生不堪，原本无话不谈的朋友，已然相顾无言。孤独、失落、烦躁这些消极的情绪，加上她病痛的身体，萧红开始分外想念上海的家，想念她的小屋，小屋里开着的花，最想念的还是萧军，这个偶尔可以陪她说说话的人。

她在五月三日的信中便反复念叨：“我想你应该有信来了，不见你的信，好像总有一件事，我希望快些来信！”

萧军的回信，五月二日刚刚发出，这封信是回复萧红二十五日和二十七日发出的两封信。

萧军的信写得很长，介绍了上海朋友们的情况：日本鹿地夫妇到访，为他俩校稿；秀珂和淑奇来访的情况；还有与之前哈尔滨时的老朋友罗烽和解，朋友们一起吃饭等。

难得的，萧军在这封信中还将自己写的一首诗录了下来。

昨夜，我是唱着归来，
——孤独地踏着小雨的大街。
一遍，一遍，又一遍……
全是那一个曲调：

"我心残缺……"

我是要哭的！……

可是夜深了，怕惊扰了别人，

所以还是唱着归来：

"我心残缺！……"

我不怨爱过我的人儿薄幸，

却自怨自己的痴情！

萧军担心萧红多想，在诗后又提醒："你只当'诗'看好了，不要生气，也不要动情。"

这有点此处无银三百两的意味，不论他说与不说，萧红自然是要多想的。她心思细腻，而萧军的诗句又如此直白，且不说"薄幸"一词用在痴情的萧红身上，令她如何伤心，就萧军自己的"痴情"，也会让人想入非非。

萧红是不相信萧军"痴情"的对象会是自己，他"残缺的心"也许是爱而不能得的遗憾。无怪乎萧红会如此猜想，接着萧军便坦率地提到自己的痛苦："我这有过去两次恋爱——一个少女，一个少妇——她们给我的创痛，亲手毁灭了我呀！我真有点战栗着将来……"

萧红与萧军结合时，既不算少女，也不算少妇，少妇应该指的是许粤华，少女也许是陈涓，也许是Marlie，总之很难说是萧红。

这样直白地表露，对爱着他的萧红，无疑是掏心掏肺，在他们一起生活的几年时间里，竟产生了让他感到痛苦和毁灭的爱情，让他甚至对未来产生了"战栗"的畏惧。

他的"战栗"在萧红的心里恐怕是一个更大的霹雳，对萧军的爱情一直忐忑不安，对他们的未来本就信心不足的萧红，听到这样的言语，内心的惶恐不安只会更加深重。

这算是萧军第一次在萧红面前直面自己的出轨，没有一句对萧红的道歉和愧疚，只有对这段感情的不舍和留给自己伤痛的心碎。

虽然萧军在这份信中也提到自己送萧红离开上海的那个夜晚，在日记

画眉深浅入时无

上写下的那句伤感的语言，但与这封信中透露出出轨的信息相比，实在是无法让萧红动情。"世界上只有她才是真正爱我的人"，萧军的这句顿悟，似乎并未提到自己对萧红的爱，只是遗憾，所爱之人不爱自己，爱自己的人，他又没有珍惜。

鸿雁传书解心结

真诚的爱情，并不等于娓娓动听的甜言蜜语，慷慨陈词的海誓山盟，如胶似漆的接吻拥抱。爱情是一种高尚、美丽、纯真的感情，应当以忠实诚恳取代虚伪欺诈，以互尊互敬取代利己自私，以道德文明取代轻率行动。

——黄少平

萧军的来信，如一颗巨石惊起千层浪，让萧红原本脆弱的心灵不堪重负，她在给萧军的回信开头便这样写道："接你两封信，哭了两回。"这是萧红收到萧军第二封信，也就是1937年5月6日发出的信时，写的回信。而对于他5月2日发出的那封倾诉痛苦心声的坦白信，一向信到即回，每一两日写封信的萧红，竟然在收到信四天后，才和第二封信一起回，可见，内心经历了怎样的痛苦与挣扎。

这"哭"她说得轻描淡写，想来应该不是泪落襟怀，可能是长夜漫漫，一人垂泪到天明。

对萧军的出轨她没有直接评价，而是讽刺地写道："我看见男子为了并不怎得爱的女子，不但忘了人民，而且忘了性命。何况我还没有忘了性命，就是忘了性命也是值得呀！在人生的路上，总算有一个时期在我的脚迹旁边，也踏着他的脚迹。总算两个灵魂和两根琴弦似的互相调谐过。"后一句"总算"萧红犹豫了很久，还是讲它抹去，又涂抹得不是很彻底，字迹清晰可辨，她在后面注了一句：这一句似乎有点特别高攀，故涂去。

萧红在此处说的已经不是讽刺尖刻的反话，而是满肚子无处发泄的气话。

萧红曾为萧军的精神出轨和行为出轨整夜辗转不能眠，为两人爱情的前途忧思深重时，萧军还嘲讽她："为了恋爱，而忘记了人民，女人的性格啊！自私啊！"现在，萧军为了不值得的情爱竟然觉得痛苦到连性命到要丢掉的地方，不得不说是萧红极大的悲哀。

面对萧军的痛苦，萧红能说什么呢，那是他自己酿下的苦果，以背叛之名，伤害了自己的爱人，难道还想让她去同情他，安慰他吗？

她只能自嘲地说，索性我们在人生路上为情爱痛苦这一点上有了点共鸣，只可惜"我"痛苦的根源是"你"，"你"痛苦的根源是别的女人。

萧红此言已经无奈至极，悲痛至极，而萧军在晚年的注释中，竟然对萧红信中的讽刺感到莫名其妙，对她为何而"哭"也有些不甚明了，他大概以为萧红像多愁善感的林黛玉一般，时时要哭哭啼啼的。殊不知，他对萧红的伤害，放在一般女人的身上，何止是大哭大叫，简直是要指着鼻子骂街的。

萧红对萧军实在是依赖得过于畏惧了，畏惧到对大是大非的问题，都可以容忍、迁就。以至于萧军对自己的过错茫然无知，甚而有些理所应当了。

萧军的第二封信很长，一封信几乎写了五页稿纸。也许是放下痛苦之后的复苏，抑或是有点浪子回头的意外，萧军在信中展现出前所未有的温情，连两封信的署名，也用了"你的小狗熊"这样亲昵的称呼。

"小狗熊"是萧红给萧军起的绰号，因为他笨而健壮，萧军给萧红的绰号是"小麻雀",指她腿细,走路一跳一跳。

萧军像一个做错事的孩子一般不断地讨好,希望得到对方的原谅,可他忘了,萧红不是疼爱自己的长辈,撒娇是无济于事的,她希望得到的是道歉、安慰和承诺,只有这些才能让她安心。

他在这封信的开头写下自己收到萧红来信的欣喜:"我想到今天会有你的信来,果然在我一进门,在那门旁的镜台边站着一封信,那是我的。"这样的语气,期待的同时还有些炫耀,可见,萧军的情感正在复苏,他已经从前面那段感情中渐渐拔了出来。

接下来介绍了朋友们的情况,他去看望许广平了,秀珂正在抄录样稿的工作,还有哈尔滨以前老朋友的近况。

这封信中,萧军用了大段的文字介绍自己平复心情的方法,还给萧红提了一个建议:"女人每天'看天'一小时,一个星期会变得婴儿似的美丽!"对这无稽之谈,萧红只能玩笑着批驳:"说起来很伤心,我自幼喜欢看天,一直看到现在还是喜欢看,但我并没变成美人。若是真的,我又何能东西奔波呢?"

萧红的话,很多都有潜台词,可惜萧军总是读不懂,或者他没有用心去读,总是在该和解之处,错过了最好的机会。

这不是反驳萧军的话,只是感叹自己为何无法洒脱地放下。这些年为了所爱,东西奔波,除了伤害,得到的还有什么呢?可即便如此,自己还是痴情一片,忧思难断。

萧军对自己的感情也做了反思:"我现在的感情虽然很不好,但是我们应该珍惜它们,这是给予我们从事艺术的人很宝贵的贡献。从这里我们会理解人类心理变化真正的过程!"这样的总结不知道萧红读了作何感谢,想来也只有无奈而已。

一个做错事伤害了对方的人,反而高高在上地规劝受伤害者要珍惜这种伤害,感谢它可以丰富自己的创作,体验到人类情感的复杂。就像规劝曹雪芹应该感谢自己的家族被抄,家道中落,否则何以有巨著《红楼梦》的问世。

把自己的罪责能瞬间转变成施舍、恩赐，萧军不愧是一个难得的辩才，但这也要有足够的勇气才能写下这般推卸责任、摘清自己的大言不惭之语。萧军不仅说了，而且说得理直气壮、义正词严，此处足可以看出萧军生活中的强势，他是说一不二的封建家族大老爷，而萧红只能充当言听计从的小媳妇。

萧军写给萧红的信，留存下来的仅有从上海发往北京的四封，最后一封是催促萧红回沪，只有寥寥几十字，最有价值的便是前面三封信。

第三封信萧军5月8日发，是对萧红第三四封信的回信，此时萧红尚未收到萧军大讲道理的第二封长信，也没有发出她收到萧军第一封诉苦信的回信。

第三封信，萧军用了"孩子"这样出人意料的称呼，能看出他谈和的诚意，这对萧军来说，已是压低了身姿，但信的内容再一次展示了他高高在上的权威和口舌生花的雄辩之才，通篇没有一句愧疚和道歉的话，充斥着大段大段的"讲道理"。

"你应该像一个决斗的勇士似的对待你的痛苦，不要畏惧它，不要在它面前软弱了自己，这是羞耻！""我希望你不要'束手无策'，要做一个能操纵、解决、把捉自己一切的人。""人有缺点，我是赞成补充它，如果这个缺点，不真正就是那个人的长处的话。"这样指责和规劝的语言信中并非一两处，这是他在生活中指手画脚惯了的姿态，难怪萧红有时要和他针锋相对了。

萧军长篇大论的第三封信，萧红已经没有辩驳的力气了，只用一句话回复："我很赞成，你说的是道理，我应该去照做。"萧军也知道这是萧红的反话，她认为自己所讲的都是"唱高调"，不会"照做"。

这些空洞的大道理可能就是萧军的真心话，他习惯了权威的领导，举手投足之间自然也是官腔十足，这可能和他所处的生活环境以及他后来进入军事学习有关。

然而，萧红却成了这一陋习的直接受害者。

萧军的信，没有一个施害者应有的态度，没有道歉，没有承诺，更没有对二人未来的规划，有的只是一个高高在上的指挥者洋洋洒洒的长篇大论。萧红对萧军知之甚深，也不会期许他放低姿态的愧疚或忏悔，对生硬的规劝更是厌烦不已，连回信也索然无味了。

回信也寥寥几笔，告知萧军自己的行踪，之前那些倾诉痛苦的话，也只字不提了。

李洁吾的家，她也不愿多停留，那是一处陷入无望的牢笼，沉闷的气息让她更觉压抑，偶尔一个人走到北海公园，坐上一两个钟头。

萧红第三次到北平的时间只有短短的不到一个月的时间，4月25日初到北平，5月中旬离开，本打算长住的萧红，因萧军12日最后一封信中"我近几夜睡眠不甚好，恐又要旧病复发。如你愿见，即请见信后，束装来沪"之语，在15日发出最后一封信后不久便回到了上海。

这封信不过是萧军的托词，他看出萧红已有归意，又放不下自己的尊严，便以自己身体不适为由，将她"骗"了回来。萧红确实在北平也是百无聊赖，心中又分外牵挂萧军，便顺理成章地离开了北平。

二萧这次短暂的分离，让两人借书信将心中的苦痛终于吐露出来，心结已解，心缘已了，萧红也渐渐回归了平静。她依然深爱着萧军，萧军对自己之前的行为也有悔意，正是两人重归于好的好最佳时机。

人生自是有情痴

萧红与萧军

战乱中的逃亡

自由从来不容易，不是一个姿态，一个手势，自由是永恒的克服重力，挣扎向上飞行。

——萧红

情感的创伤，让二萧都有了归零的心态，他们迫切希望摆脱之前的苦痛，开始两人的新生活。

萧军在5月22日的日记中写下："吟回来了，我们将要开始了一个新的生活。"用一段感情的开始去化解自己失恋的伤痛，这爱情的疗法并不适合二萧，多情的萧军对萧红早已没有了新鲜感，二十几天的两地分离只是暂时遮掩了他们之间的矛盾，一旦近距离相处，那些根深蒂固的差异便又暴露了出来。

自恋的他能写下这样的话语："我有真挚的深厚的诗人的热情，这使我欢喜，也是我苦痛的根源。晨间在镜子，看到自己的面容，很美丽，更是那两条迷人的唇……清澈的眼睛，不染半点俗气，那时我的心胸也正澄清。"可见萧军的多情正源于他那诗人的热情，他并未意识到爱情是需要忠诚的，是专一的，也是自私的，不容许第三者插足的。

他和萧红的爱情观本质上是对立的，萧红追求的是纯粹的爱，两个人没有缝隙的结合，你中有我，我中有你。萧军则对自己诗人的热情很是欢喜，表明他喜欢多情的自己，喜欢想爱就爱，不爱就丢开的状态。这样两个爱情观截然不同的人，除非有外界的规约，否则要长相厮守是很难的。

陷入情感低谷的萧军，想要回归正途，他在6月2日的日记中写下："我现在要和吟走着这一段路，我们不能分别。"看似坚定的语气也正暗示出他内心的犹豫不决，只有当一个人对自己失去信心的时候，才需要依靠外在的力量约束自己。

久别胜新婚的新鲜感持续了十几日后，二萧之间的分歧便不可遏止地突显了出来，冷漠、争吵成了他们生活的常态。

"我和吟的爱情如今是建筑在工作关系上了。她是透明的，而不是伟大的，无论人或文。"这是6月13日，萧军日记中的一段话。萧军原本的期许并没有实现，他那诗人般的热情在萧红面前毫无作用，他们之间只剩工作上的需要了。

6月30日，二萧一番争吵之后，萧军在日记中写下他对萧红的不满：

> 和吟又吵架了，这次决心分开了。
>
> 女人的感情领域是狭小的，更是在吃醋的时候，那是什么也没有了，男人有时还可以爱他的敌人，女人却不能。

萧军与许粤华理性分手之后，并没有绝交，许还时常来萧红家，萧红对其态度冷淡，爱答不理，萧军对萧红这种态度非常气愤，并有意偏袒许，责怪萧红不大度。

"X并不是你的情敌，即使是，她现在的一切处境不如你，你应该忍受一个时间，你不应这样再伤害她……这是根据了人类的基本同情……"

这样的指责毫无道理，要求一个女人无私地爱背叛自己的男人，甚至还要宽容地对待自己的情敌，这般苛刻的要求，只有心中无爱，才能做到无欲则刚，而对痴情的萧红来说，是万万不能的，她的心底容不下爱情的瑕疵。

除了情感的争执，他们还常常为作品的优劣，遣词造句的得当争论不休。

文学上的切磋，原本是一件美好的事情，在二萧处，却全然失去了争论的积极意义。两个都是好胜心强、自尊心重的知名作家，各有一套自己的写作理论和方法，文人相轻，彼此不认可，最终将有益的文学论争上演为一场互不相让的争吵。

晚年的萧军依然无法理解人们对萧红作品的喜爱，在他看来，萧红的作品大多是消极情绪的宣泄，文字固然优美，对人的思想进步却是无益的。

对萧红作品的偏见，让萧军无法接受一个事实：萧红的作品比自己的作品优秀。他一直将萧红看作自己拯救和援助的对象，是在自己帮扶下成长起来的，他是先行者，是指导者，怎么可能被萧红超越。

他在日记中也将自己的这一看法记了下来："是她以为她的散文写得比我好些，而我的小说比她好些，所以她觉得我的散文不如她。这是自尊，也是自卑的心结吧。"萧军的散文集《十月十五日》出版后，他对其很是满意，自认为"运用文字的能力确是有了进步，无论文法或字句，全没有什么疵"，而且"内容也全很充实"，不料萧红却"全不喜欢"该书，于是萧军得出了如上结论。

萧军的自信和自恋，以及身为男人的自尊，都不允许他承认，一个在自己帮扶下成长起来的，自己的女人，竟然比他要优秀，要成功。

萧军没有这样的胸怀和雅量，而萧红也不愿始终屈居萧军之下，做他的附属，她有自己的思想和见解，自然不会时时都听他的。两人的争论如家常便饭，矛盾不断激化，感情也随时面临崩盘。

1937年"卢沟桥事变"，中日大战正式拉开了帷幕。身处上海租界区的文人们，似乎还没有意识到战火已经烧到自己门前，他们依然有条不紊地安排着手边的工作。

鲁迅先生逝世一周年即将来临，为了纪念先生，也为了唤起民族的抗争，二萧、许广平、胡风等成立了鲁迅先生纪念委员会，并召开大会，决定在先生忌日之前，编辑出版《鲁迅先生纪念集》。

鲁迅先生是二萧共同的师长，也是他俩认可的最重要的人，在纪念先生，编辑先生文集方面，两人的方向空前一致。那些相处的不和谐，也暂时隐藏起来，工作上的忙碌和民族存亡的危机，让他们摒弃前嫌，携手共进。

然而，生活中的争吵并未休止，尤其是许粤华的出现，总是刺激着萧红本就脆弱的神经。萧军明了萧红的醋意，却又刻意地表现出对许的关照，这个自己爱过的女人，因他而遭受了舆论的压力，社会的指责，萧军内心极度不安，为表示愧疚，言行上自然多些温情，而这些看在萧红眼里，无疑如一把钢刀时不时在心上戳着。

萧军不解其痛，反怪她为了自己的嫉妒，"捐弃了一切的同情"，两人之间为着许粤华的争吵似乎永不止息。萧军深切地感受到他与萧红之间已经没有爱情可言，只有工作上还相互牵涉着。敏感的萧红，从萧军的态度中也意识到他们已经无路可走了。

战火的蔓延超出了人们的想象，短短的一个月时间，北平沦陷、天津沦陷，上海告急。

8月13日，日军以租界和停泊在黄浦江中的日舰为基地，对上海发动了大规模进攻。上海军民奋起反抗，淞沪会战拉开了序幕。

萧红不会想到，自己离开北平不过两个月，那片热土便遭遇了如此惨境，回想起1931年东北沦陷时，身居哈尔滨的自己，国破家亡的伤痛，让萧红悲愤不已。

民族危亡之际，二萧的爱国热情高涨，他们将对日本帝国主义侵略中国的愤怒和对饱受战乱之苦家国百姓的爱，化作一篇篇激情飞扬的文字。

萧红在"八一三"第二日便写了《天空的点缀》，之后不久又创作了《窗边》《小生命和战士》等歌颂上海民众奋勇抗敌的文章，萧军也不甘示弱，写下了《上海三日记》等义愤填膺的抗战作品。

然这一切并不能挽救二萧已经濒临破灭的爱情，萧军在8月21日的日记中冷静地写道："对于吟在可能范围内极力帮助她获得一点成功，关于她一切不能改造的性格一任她存在，待她脱离自己时为止。"

说出这般绝情之语，可见他对萧红的爱情已经荡然无存，只剩共处几年留下的那点情分。

接着他又在23日的日记中写下了自己对爱情的绝望："我此后也许不再需要女人们的爱情，爱情这东西是不存在的。吟，也是如此，她乐意存在这里就存在，乐意走就走。"

性格上的差异，在二萧的爱情中，痛苦的并非受害者萧红一人，萧军也同样为其所苦。他深知萧红是知他、爱他的人，但她的爱，已经成了一种负担和枷锁，令他窒息。萧军不愿背负抛弃者的罪名，也不忍辜负这份爱的名义，只能被动等待，等萧红主动开口，或自愿离开的那一刻，他就彻底解放了。

临汾分别，西安分手，不过是压断骆驼的最后一根稻草，在上海，他们的婚姻就已经名存实亡了。

淞沪会战开始，上海的许多文学刊物被迫停刊，新的抗战报刊应运而生，茅盾、郑振铎、巴金等上海文学界领军人物筹划将《文学》《中流》等知名报刊合并，创办《呐喊》周刊，后改名《烽火》。

胡风邀请二萧、艾青、曹白、端木蕻良等作家商议，也打算创办一个新的抗战报刊。

萧红没有料到离开上海前的这次筹备会上，她无意间认识的这个文学新秀，会与她结一段情缘，成为她人生中最后一个男人，也是她一生中唯一正式的丈夫。

与《七月》结缘的相识

　　朋友和敌人我都一样崇敬，因为在我的灵魂上他们都画过条纹。

——萧红

　　端木蕻良也来自东北，与萧军一样，出生于辽宁，是昌图县一个地主家庭的小少年。他比萧红小一岁，清华大学历史系毕业，大学时便加入"左联"，走上文学创作的道路。

　　此时的端木，在文坛还是一个初出茅庐的小将，而二萧已经长成了参天大树，影响自是不可同日而语。

　　在两位文学前辈面前，端木表现得恭敬谨慎，对萧红更是推崇，这让一度在萧军朋友圈不受重视的萧红，有种拨开云雾见晴天的敞亮，在这个同龄的年轻人面前，她感受到自己作为成功女性的价值和尊严。

　　有关报刊名称，胡风本打算以《抗战文艺》命名，萧红坦率提出这个名字太一般，缺少艺术气息，此刻适逢"七七事变"，便提议用"七月"

作新刊的名称，这一提议立即得到端木的赞同，其他人也没有反对，于是《七月》便作为抗战时期重要刊物诞生了。

1937年9月11日，《七月》正式创刊，然而，受战争局势的影响，仅仅出了三期便被迫停刊，胡风也离开上海，转战到武汉。

淞沪会战还在持续，战况一日日危急，二萧周围的朋友开始相继选择逃离的去处。国民政府总部已从南京迁往武汉，加上武汉的水路交通比较发达，是大多文人的避难地。二萧也决定离开上海，转移到相对安全的武汉。

上海，二萧的成名地，也是他们爱情的坟墓。从满怀憧憬踏上这座繁华而凌乱的城市起，二萧的命运便开始上演精彩纷呈的酸甜苦辣。

萧红对上海的感情应该是矛盾的，她也许爱着这个城市，让她结识了如父如母的鲁迅夫妇，感受到了家的温度；让她在文学的道路上披荆斩棘，一路向前，收获了举世皆知的才名。她也恨着这个城市，在给予她的同时，却夺走了自己最看重的爱情，让她生命中最爱的男人，就这样渐行渐远。

萧军对上海是没有多少感情的，他在晚年的回忆中提到一生中所去之城市，怀念的第一是吉林，其次是哈尔滨，接着是青岛，最后是成都，"其他的地方我从来也不愿想，以至于在我的记忆中已经被遗忘到不存在的地步了。"

许是上海伤他太深，连自己的成名地都不愿想起，更不要说和萧红那些磕磕碰碰，五味杂陈的琐屑生活。

记住也罢，忘却也好，上海，对二萧来说，却是至关重要的一座城市，从夫妻砥砺到同床异梦，短短的三年，走完了他们两人的爱情路。

沪战不过是催化剂，让一直蜷缩着不愿面对的两个成名作家，不得不直面现实的残酷，生死之际，爱情必要让位，他们在逃难中进行着最后的挣扎。

沪战开始不过一月有余，通往武汉的北站已经被日军占领，二萧只能从西站上车离开上海，转嘉兴，再转苏州，到南京，等待几日后，才终于挤上一艘破旧而拥挤的黑色客轮，辗转到了汉口。

萧红病弱的身体实在经不起旅途的劳顿，潮湿、杂乱的舱底空气，又几乎令她窒息，好在一路有萧军的照顾，才勉强坚持下来。船一靠岸，她便呕吐起来，似乎要将胸中的器官也要连带拖拽出来。

庆幸的是他们遇到了故友于浣非，他此刻正是"华佗号"上的检疫员。乱离之时，大批难民涌向武汉，住宿便成了最大的问题，好在有于浣非的帮助，二萧顺利地住进了诗人蒋锡金在武昌水陆街小金龙巷21号的住处。

蒋锡金与二萧虽不相识，却早已听闻二人的大名，也了解他们是东北抗日文学的先锋，同为文人，且都怀有一片爱国之心，自然热情接纳了二萧，并且慷慨地让出了卧室，自己搬去了书房，还声明区区房钱不必计算。

有了安定的住处，二萧便很快忙碌起来，萧军投入《第三代》的创作，萧红则开始了长篇小说《呼兰河传》的构思和创作。

《呼兰河传》萧红以故乡呼兰开篇，大段细腻而浓烈的描写扑面而来，浓墨重彩，低回婉转的文字将游子思念家乡的一腔柔情淋漓尽致地展现出来。萧红自逃离呼兰，潜意识里便拒绝提到家乡，那里让她失望，她对家乡，对家充满了深深的厌恶。

然而，从《呼兰河传》的倾情描写来看，她有恨，也有爱，且是浓得化不去的爱，是漂泊在外，身心疲惫的孩子对家最深切的渴望，只是萧红太倔强了，这倔强让她硬着骨头决绝承认她的思念。

此时，想来萧红的父亲，也早已放下对女儿的怨愤，心平气和地接受了这个叛逆女儿的种种行止。萧红在上海时，便与弟弟秀珂时常联系，父亲又怎会不知，既然默许他们的交往，便知那旧年的一时之气，也早已烟消云散。

同住小金龙巷后，二萧与蒋锡金三人相处和谐，萧红在家洗衣、做饭，闲暇之余写作小说，参加文坛聚会，萧军则负责采买事宜，蒋锡金虽在财政厅工作清闲，但大多时候要跑去汉口为刊物《战斗》的出版奔忙。

这样温馨的相处似乎又回到商市街那短暂的时光，没有争吵，没有侧目，一人一张书桌，静谧而安详地沉浸在各自的小说世界里。锡金回来时，三人一起吃饭，围炉闲话，谈时局，谈文学，不亦乐乎。

这般纯粹的相处，即使谈不上爱情，却也难得的惬意。

10月，胡风组织《七月》同人，商议在武汉重新创刊，商议会的地点便安排在小金龙巷。为此，他给在浙江三哥处养病的端木蕻良去信，邀他来武汉，继续为《七月》写文章。

端木蕻良此时还籍籍无名，他21岁时完成的长篇小说《科尔沁草原》，虽然得到郑振铎的大加赞赏，却苦于得不到出版社的认可，只能尘封在故纸堆中，直到1939年才得以出版。

若是端木的这部成名之作早在1933年能被出版，便能作为现代文学史上最年轻的长篇小说作者轰动文坛，他与二萧的相逢定然会是另一番景象，也可能不会出现他与萧红那段滋味难辨的夫妻缘分，萧红的命运如何，更是难以猜测。

然而命运有时便是如此的诡异，明明一直与鲁迅先生通信，原本打算将《科尔沁草原》底稿递给鲁迅评阅的端木，却临时更改了意见，否则以鲁迅先生的见识和人脉，这部小说应该更早与世人见面。

冥冥之中，命运牵着端木的手，将他送到萧红面前，改变了她人生最后几年的短暂时光。

同样生活在东北的端木，与萧军的人生轨迹截然相反，他是家里最小的孩子，从小便备受宠爱，养成了散漫、任性的性格。他也谈爱国，热衷于政治，学生时代便加入"左联"，但他与萧军们的方向有着质的差别，这也许不过是他打发公子哥无聊生活的调味剂。一旦面临生死抉择，端木懦弱的一面便展露无遗。

1933年，北平"左联"成员开会，遭到叛徒出卖，与会者悉数被捕，本应参会却未能赴约的端木，事后知悉，未及时向上级汇报，也没有想办法营救被捕同志，而是"随即逃走"。1935年即将参加第二次"一二·九"运动的端木在觉察到危险时，又半途选择了逃脱。

周围的朋友们也清楚地意识到端木与他们之间的不同，有意无意地与他保持着距离，尤其是他与萧红在一起后，朋友的这种隔离，让萧红也深受其害。

然而，在文学方面，端木的才能也得到了众人的认可，《七月》创刊，自然少不了他的功劳。

托名在浙江养病的端木，感到无所事事的生活空虚而无聊，收到胡风的邀请，便马不停蹄地赶到了武汉。

初到上海，端木住在亲戚处，后来他表示想搬来二萧处同住，经蒋锡金同意，他住进了书房。蒋锡金向邻居借来一张竹床，一张小圆桌，端木便正式在小金龙巷落脚了。由三个人升为四个人，家里自然更热闹了。

萧红还是负责打理家务，洗衣做饭，她最拿手的是自己发明的"大菜汤"，他们私下称作"萧红汤"，其实不过是将白菜、土豆、青椒外加牛肉片等放在锅里炖，炖出来的味道却是美味无比，几个人吃得有滋有味。

饭后，是他们的文艺活动时间，有时唱歌、跳舞，有时谈文学、打趣、聊天。

除了中国、俄国歌曲，萧军有时也会拿出自己擅长的京剧、评剧、大鼓等传统戏曲吼上几句，他和萧红都会跳杜尔斯顿舞，他们还学东北大神跳萨满舞。

热闹、祥和的小金龙巷成了战时安逸而温馨的一个角落，在这里，萧红和萧军暂时忘却彼此间的裂痕，在看似平淡的生活中相依相守。

他们没有想到，和睦相处的背后，端木的出现，却无疑加剧了二人的情感矛盾。

小金龙巷三人行

君知妾有夫，赠妾双明珠。还君明珠双泪垂，恨不相逢未嫁时。

——张籍

端木入住小金龙巷，二萧之间的关系发生着微妙的变化。萧红与萧军之间唇枪舌剑的争论同以往一般激烈，只是有了端木的加入，战局与之前有了截然不同的结果。以前孤立无援的萧红身旁，多了端木的全力支持，让她觉得自己在萧军面前终于底气十足了。

无论从出身还是文学创作的风格来讲，端木与萧红之间的相似度都是比较高的，与萧军则差别巨大，因而，端木对萧红的崇敬还有支持正是源于这种惺惺相惜的认同感，一旦萧军和萧红发生立场不同的争论，端木便义无反顾地站在萧红这边支持她。

萧红对端木并没有多少喜欢，她眼中的端木"是胆小鬼、势利眼、马屁鬼"，这些是与萧军的豪爽、大气、直率对比而出的缺点，而端木对她的理解、认同，乃至赞扬、支持，又是萧红在萧军身上永远也得不到的，她又很享受端木的细腻和善解人意。

改变三人相处局面的是小金龙巷又迎来一位新的住客——漫画家梁白波。梁白波与蒋锡金是儿时的邻居，又与金剑啸情谊深厚，二萧从金剑啸处早已熟知这个"鸽子姑娘"的姓名，想到他笔下的那首深情的《白云飞了》——"她穿着黑白格的衣裳，常常孤独的遥望"，姑娘已在眼前，而金剑啸却魂归他方，令人唏嘘。

梁白波提出搬到小金龙巷同住的请求，三人自是毫不迟疑地答应。此时小小的两间房子已经住了四个人，梁白波要再住进来，无论怎样都是困难。

萧红看出梁白波对蒋锡金有好感，有心成全，便安排梁白波与蒋锡金同住书房，分床而睡，端木则搬到二萧的卧室，与他俩挤在一张大床上。

两男一女同睡一张床，看似有些荒唐，但战乱时代，生命都有可能随时丢掉，有可以栖身的尺寸之地，已是难能可贵，又哪里有条件顾虑男女之防。很多平民百姓流浪街头，天地为席被，衣不蔽体，此时生存为第一要义，礼义廉耻也不过是酒足饭饱之后才会顾及的。

二萧与端木同榻而睡，不过是权宜之计，三人又都来自东北，胸怀坦荡，早就见识过东北乡下一家老幼不分男女挤睡一起的情形，并不会生出今人揣度的一些龌龊想法。

但也不得不说，萧红这般的安排，可能和她此时的情感天平失衡有关，她在有意无意之中，对端木也有好感，便愿意与之有更多的接触。

这样近距离的相处，无疑使萧红与端木之间的关系更近了一层，日日相处，端木的体贴入微一点点渗入萧红的认知。这些萧红迫切想要从萧军处获得的感受，在端木处慢慢得到了补偿，人非草木，孰能无情，爱情缺失的萧红，明知对端木之情，无关情爱，不过是被关爱的需要，最终还是无法遏制地走向了另一个极端。

小金龙巷并非都是文人的和睦相处，有时也有政治的黑暗和阴谋。据蒋锡金等朋友后来回忆，1938年12月上旬的一日，三个国民党便衣特务冲进小金龙巷，萧军与之发生冲突，被赶来的警察抓走，萧红趁机逃出来，找胡风等想办法，后来经过上层斡旋，萧军才被释放。

在梅志的回忆里，萧红出现在她和胡风面前时，是慌张的，连话也说得断断续续，可见她对萧军的安危深切挂怀，是深爱着对方的。

这并不意味着她和萧军之间就相安无事，和平相处。张梅林回忆有一次他们去抱冰堂，路上，萧红去买花生米，萧军没有陪着同去，等萧红买好花生米回来，见萧军并没有等他，便不顾在场的朋友，转身要冲回家去。

从这件生活小事可知，二萧之间的冷漠，已经由暗处转向了明里，萧红似乎也不再顾及萧军在朋友面前的尊严，对他也不再是一味地容忍。

也许是端木给了萧红与萧军对抗的勇气，也许是萧红自己对萧军的感情有了摇摆，她的这种情感倾向萧军似乎也觉出了端倪。

1937年年底，冯乃超搬到汉口后，将自己紫阳湖畔的寓所让给二萧住，那里离胡风所住的小朝街金家洋房比较近，方便《七月》报刊的商讨。端木则仍留在小金龙巷，众人的聚会也时常在这里举行。

搬离小金龙巷后，二萧还是时常回到这里，有时是两人一起，有时是萧红一人独自走来。

她与端木聊天，感到特别轻松，在他面前，她可以不拘束，无所顾忌，将自己内心里最真实的想法一一表露出来。端木也是一个很好的听众，不仅会认真聆听萧红心底隐秘的话题，还能顺着她的心意安慰她，鼓励她，这与萧军和她的冷漠形成了鲜明的对比。

一日，萧红又独自去探访端木，两人谈得很晚，还顺便在一家小馆子吃了饭，回来时，月光明亮，夜色宁静，萧红不自觉地拉着端木的手，一路走到一座小桥上。

这样美好的夜晚，一对年轻男女站在月下的桥边，看着桥下清澈的溪水，这般美好的情景，令萧红生出一番别样的情绪，她借着女诗人薛涛的余韵情不自禁吟出："桥头载明月，同观桥下水……"忽然意识到自己的失态，便尴尬地停住了。

这暧昧的相处，似乎已经突破了朋友的界限，萧红也从懵懂中意识到她对端木产生了超越友谊的情感，在这个另类的年轻人身上，她享受到了与萧军在一起不能享受到的被尊重和被仰视的快感，她想将让这种愉悦的感觉更长久一些。

萧红错误地将自己与端木之间知己一般的情感发展成了爱情，既让她的爱情无所归依，同时也失去了知己的情意。这是两种截然不同的感情，我们同时拥有它们，爱人无法代替知己，知己也同样不能成为爱人，两个性格特别相像的人在一起，除非他们彼此相爱，否则是很难幸福的。

端木对萧红也不是爱情，他们没有结婚时，萧红是他的偶像，他敬重她，崇拜她，仰望她，一旦他们成为夫妻，神秘感被打破，距离拉近，原本的崇敬也会荡然无存。失去了偶像的力量，萧红在他眼里不过是一个再普通不过的女人，或者再进一步，她还是一个年龄比自己大，跟过两个男人，生过孩子的女人，哪还有爱的感觉。

还是聂绀弩看得明白，他清楚地意识到萧红与萧军情分已尽，将各奔东西时，并不建议她与端木在一起，她完全可以一个人飞得更高，更远。

年轻时性格独立的萧红，在经历了几番情感波折之后，似乎越来越脆弱，离开男人的羽翼就好像失去了方向，她自己曾颇为感触地说："女性的天空是低的，羽翼是稀薄的……"

她需要男性的肩膀帮她扛起生活的负累和沉重，也需要男性的尊重和呵护陪伴她一起前行。她得到一种必要失去另一种，拥有时遗憾失去的，失去时又陷入更深的遗憾，这便是命运同萧红开得玩笑。

萧红情感上的变化，一向粗枝大叶的萧军也觉察到了，他用笔写下："瓜前不纳履，李下不整冠，叔嫂不亲授，君子防未然"，还特意大声读了出来，萧红明知萧军的意思，不加解释，佯装不知。

战争的局势日渐紧张，武汉作为后方也不再太平，敌人的进攻一日日逼近，敌人的轰炸机时时从天空飞过，高射炮"砰、砰"的响声也经常在耳边响起，还有建筑物随时被炸毁的危险，武汉已然不是一处理想的避难之所。

适逢军阀阎锡山在山西创办民族革命大学，打着培养抗日人才的旗号，还顺利邀请到有"抗日七君子"之称的李公朴任校长。抗日热潮汹涌澎湃之际，李公朴倾尽全力，为民族大学奔走呼号，目光自然不会放过文人集中的武汉，萧军等聚拢在《七月》周围的爱国作家们，就成了他力邀北上的重要群体。

《七月》周围的作家也都愿意奔赴山西临汾，为抗日尽一份心力，二萧与端木自然也在这其中。

1938年1月27日，二萧、端木、聂绀弩、艾青、田间在汉口集合，从汉水附近的小货站上车离开武汉，蒋锡金、胡风等人前来送别。

送别的人一排排，一圈圈将站台围得密不透风，人们唱着雄壮的歌声，在夜色朦胧中，将这些年轻的面孔送上装货物的铁皮车，他们中有学生，也有老师。

梅志担忧着艾青妻子张竹如怀中只有七个月大的女儿小"七月"，如何在这滴水成冰的严冬之际，承受北方寒冷的侵袭。先前忐忑犹豫的萧红，此刻则"很兴奋，披着她的毛领呢大衣，矫健地走着"。

这是一列铁皮货车，车上没有座位，地板上只铺着一些稻草，萧红们便在稻草上坐下。一路所见之贫瘠，车厢的简陋并没有湮灭他们的热情，几个人一路边说边笑，探讨着抗战形势和文艺创作的种种问题。萧红的情绪也十分高涨，有时会为坚持自己的观点而与人争论的面红耳赤、精神高亢。

车过黄河，北方的荒凉和萧索扑面而来，让见惯了南方大城市繁华生活的几个文人感到惊异，眼前黄沙漫漫，寸草不生，一望无际的黄土地像一张看不见边缘的蛛网，四处伸展开去。他们静默地凝视着这片土地，感伤着国破乱离的凄楚，忧虑着无法预知的未来，陷入了沉思。

生活无忧的端木面对这番景象，不禁感叹道："北方是悲哀的。"诗人艾青也为此创作了那首著名的《北方》，还在诗前写道："那个珂尔沁草原上的诗人，对我说：'北方是悲哀的。'"初到北方的所见，深深震撼着这群心怀祖国的年轻人，并声声唤出："我爱这悲哀的国土。"

临汾——最后的终结

一曲离歌两行泪，不知何地再逢君。

——韦庄

临汾的民族革命大学，不过是阎锡山的幌子，他的目的是借抗日的力量保全自己的军队和财产，又怎会舍得投资在建设学校这样吃力不讨好的事情上。

二萧一行到达临汾所谓的民大，不过是一处挂着校牌，空有一处校址，连校舍都没有的空壳子。四面八方蜂拥而来的学生和教职员工大多散居在当地的百姓家里，面对如此简陋的条件，他们并没有心灰意冷，在李公朴的号召下，实行个人自我管理，二萧及端木等还被任命为文艺指导。

不久，丁玲带领的"西北战地服务团"三十多人从潼关也来到了临汾。丁玲与萧红都是鲁迅比较认可的女作家，也是现代文学史上重量级的女作家，又都同属于左翼作家。尽管她们在文学创作艺术风格和人生观方面有着较大的差异，但两个名气相当，彼此耳熟的女人在临汾的初次相见，还是给彼此留下了很深的印象。

丁玲在《风雨中忆萧红》中提到初见萧红给她的感觉是自然而直率的，她缺少一个成熟作家应有的世故，正是这样的单纯，让她显得有些稚嫩和软弱。她们相谈甚欢，互相理解，一起尽情唱歌，喝酒，无拘无束。

除了与丁玲的交往，萧红与聂绀弩的关系也更深了一层。此前，鲁迅在他们初次见面的时候就将聂绀弩介绍给了二萧，但萧红与聂绀弩交流的机会却很少，两人之间也只是相逢点头的认识。在临汾，聂独身一人，与二萧有了更多交流的机会，也几次推心置腹地谈到对萧红作品的评价，以及对鲁迅作品的理解问题。

聂绀弩并没有将萧红看作是萧军的附庸，而是独立地看待萧红，认可萧红的作品，这无疑对萧红是一个极大的鼓励。她太需要来自外界的评价和认可了，端木也认可她，但他的资历太浅，说话也没有什么分量，在萧红看来是恭维的成分居多，聂绀弩则不同，他没有必要讨好萧红，也是鲁迅身边的老人，说出的话自然是发自肺腑的，对萧红来说却是难能可贵。

意气风发的二萧，意欲投身民大，报效国家的宏愿很快便落空了。在度过平静、安稳的20天后，日军的战火便迫近了临汾。阎锡山雷声大雨点小，面对日军的炮火，顿时便现出了原形，步步退让，不战而逃。

山西守卫如同虚设，临汾自然也是危在旦夕，李公朴便决定将民大撤往乡宁。萧红一行看透了阎锡山的真面目，自是不愿再与民大有瓜葛，他们决定跟随丁玲的西北战地服务团前往运城。令萧红意外的是，萧军却执意要留在临汾，一圆自己多年来投身战场，杀敌报国的雄心壮志。

萧军心意已决，友人的劝诫，萧红的哭诉，都无法改变他的决心。萧红厌倦了战争中的颠沛流离，她不愿以身犯险留在战斗前线，也是去意已决。

关于去留的问题，其实并不是一个非此即彼的是非问题，二萧自然也无须为此争吵的面红耳赤，甚至上升到彼此决裂，各奔东西的地步。为了安全的考虑，萧红的离开也很合理，萧军的留下，也不是全无道理，毕竟大家都是一片赤诚为了民族大义。

战争中的夫妻分离，本是一件不足为奇的事。丈夫奔走疆场，妻儿留守后方，几年甚至十几二十年不见面，妻子艰难抚养儿女长大，照顾年迈的公婆，苦苦等待战场归来的丈夫，不离不弃。这是多少中国女人的命运，她们也许深爱着自己的丈夫，也许只是受传统礼教的约束，总之，这样的离别绝不是二萧分手的理由。

萧红无法说服萧军，她敏感地意识到临汾的分别不过是萧军想借抗日的名义，与自己拉开距离，就像当年他送原配许氏回乡，用的也是抗战的理由一般。她惧怕这样的分别，也许萧军会借此隐遁，从此他们会天涯相隔，永难相见。

此时萧红对萧军的挽留似乎有些歇斯底里，朋友们也觉得有些莫名其妙，他们以为离别不过是暂时的分开，何必如此伤情。殊不知，二萧的这次分离，在他们彼此的心里其实是一场没有宣告的分手，萧红所痛苦、所极力留住的是她即将逝去的爱情。

萧军的理由还是那样堂而皇之："人总是一样的。生命的价值也是一样的。……为了争取解放共同奴隶的命运，谁是应该等待着发展他们的'天才'，谁又该去死呢？"萧红也只能顺着他的民族大义来劝导他："你去打游击？那不会比一个真正的游击队员价值更大些，……我也并不仅是为了'爱人'的关系才这样劝阻你，以致引起你的憎恶与卑视……这是想到了我们的文学事业。"

接着萧军说出了他真正的意图："我们还是各自走自己的路吧，万一我死不了——我想我不会死的——我们再见，那时候也还是乐意在一起就在一起，不然就永远地分开……"看似将主动权交给了将来，其实这才是萧军压抑了很久想要说出来的话。

萧红早已猜到萧军迟早要说出分手的话，这是她一直惶恐和担忧的，正是这样不知名的恐惧缠绕着她，让她一次又一次地选择远行疗伤。不料，萧军终于还是亲口说了出来，她心底涌过一种难以描述的痛楚，静默了片刻，压抑着自己的情绪，坚定地回道："好的。"

萧军一直将萧红看作自己的拖累，甚至连她那些嘘寒问暖的关心，也看作是一种负担，这样的情绪不是一日两日，也许从商市街便开始了，只是那时他是英雄，充当着拯救一个年轻女作家的重任，无暇他想。

这次临汾是一个很好的机会，从以后萧军的行为来看，他并没有真正去打游击，即使后来他到了延安——打游击的主战场，他也没有拿起枪杆子，和敌人真刀真枪地干革命，而是按着萧红的意图，以笔战斗。

可见，打游击不过是萧军与萧红分手的借口，他也不愿留下背弃爱情的恶名，尤其是他和萧红此刻已算是赫赫有名的作家，又是令众人艳羡的夫妻作家，他们之间的爱情已成为世人眼中的传奇，那么谁先背弃，便要承受世人的指责和唾弃，承受朋友的不解和疏离。萧军应该清楚这些后果，自然不会真正开口说分手。

萧红之后的结局也确实印证了这一点，她与端木在一起受到了朋友们的冷遇，而萧军与王淑芬认识短短一个月后，便登报结婚，反而得到了朋友们的谅解。

一个是苦苦相守六年，无名无分的苦难相随，一个是分手一个月后便很快结婚，萧军的还击，对萧红来说无疑是最大的讽刺，她应该清醒了。

离别前的最后一夜，原本与二萧同睡一张床的丁玲，看到两人之间的压抑而沉闷的气氛，打趣道："我三分钟之内可以睡着，三分钟后你们可以随便谈，不过记住明天大家就要分别了！"

与二萧同住的这段时间，她早已熟悉了两人之间无休止的争论，以为这不过是一次平常的不欢而散。

第二日傍晚时分，萧红、聂绀弩等随同丁玲的西站团一起登上了前往运城方向的列车，开车时间还早，萧军将萧红的行李安置好，还特意给她买了两个梨子，这并非刻意的举动，却令萧红伤痛不已。

从哈尔滨东兴顺旅馆意外的相逢，到今日临汾心照不宣地分手，平日的争吵和埋怨，在即将到来的离别面前，黯然消失了行迹，剩下的是六年时光里执手相携的温暖，并肩前行的感激。

萧红双眼噙着泪水，拉着萧军的手，声声唤着萧军不要丢下她，她愿意陪他留在临汾，生死都要和他在一起，她不放心他一个人留在这里。

她知道萧军不可能改变主意，还是控制不住心底对他的牵挂，她深爱着这个男人，这一生恐怕都不会改变，但她又害怕和他在一起，两个人彼此伤害。

这样的哭诉，并不能挽回任何的改变，萧军和她怀着一样不舍的心情，毕竟他们一起度过了人生中最美好的六年，然而再多的不舍，依然无法改变两人之间不可调和的矛盾，只有分开才是唯一的出路。

一旁的朋友对萧红生离死别一般的情态感到纳闷，端木不禁揶揄道："你太关心他啦！"聂绀弩也开玩笑地说："他比我们强壮，打游击也可以打，跑也跑得比我们快，他是应该留在这里的！"

朋友调侃般的言语，对萧红来说更如针刺一般，萧军虽不断安慰她这只是暂时的分开，但萧红敏感地意识到，这是他们最后的分别，是他们六年生活的终结，那个她最爱的男人，便要这样逃离她的世界了。

"萧军，……你总是不肯听从我的话。你就最后听我一次，好吗……"萧红的苦苦哀求并没有打动萧军的决心，他透过朦胧的月色，看着萧红泪流满面，伤心欲绝的样子，只是一遍遍地安慰她不要担心自己，却不肯说一句爱的告白或誓言。

看出萧军态度的决绝，萧红只能绝望而无奈地说："随你的便罢……"该说的，该挽留的，该妥协的，她都已经做了，还是无法改变萧军的心意，还能怎么办呢，只有分手罢了。

可
怜
无
定
河
边
骨

萧
红
与
萧
军

三郎，永远的分别

这些回忆我是愿意忘却的；不过，在忘却之前，我又极愿意
再温习一遍。

——萧红

临汾远去的列车，带走了萧军最后的身影，从此，留在萧红心里的
萧军便只有记忆里的容颜。

萧军并非全然无情，他在临别前，托付丁玲好好照顾萧红，并从
丁玲的口中得知临汾局势紧张，并听取了丁玲的建议，决定去五台打
游击。

这些话是他离开前在月台私下告诉聂绀弩的，他不愿意萧红知道后
担心。萧军的这一决定，让聂绀弩也意识到他们之间的危机，便顺口问
道："那么萧红呢？"

萧军感慨地说道："她单纯、淳厚、倔强、有才能，我爱她，但她不
是妻子，尤其不是我的！"这也许才是萧军的心里话，他与萧红六年，

从来没有将萧红当作自己的妻子，萧红为他洗衣做饭、为他抄写誊校，陪他一起吃苦受难，却得出不是"妻子"的结论，那么在萧军眼里，这六年的萧红究竟扮演着什么角色？奴仆？侍女？同事？朋友？

看出聂绀弩的疑惑，萧军连忙解释道："别大惊小怪！我说过，我爱她；就是说我可以迁就。不过这是痛苦的，她也会痛苦。但是如果她不先说和我分手，我们还永远是夫妇，我决不先抛弃她！"

这便是萧军的聪明之处，在朋友面前一再地声明自己爱萧红，决不先抛弃她，这样至少道德和舆论方面，他是不会受责难的。

如果爱，怎会觉得迁就对方是痛苦，如果不抛弃，不知去向的别离，又暗含着怎样的意图，萧军看似真诚的心里话，不过是粉饰天下的华丽外衣。

他在晚年的回忆中，对萧红在自己心中的地位给予这样的定性："……如果从'妻子'意义来衡量，她离开我，我并没有什么'遗憾'之情！"接着又言之凿凿地说："萧红就是个没有'妻性'的人，我也从来没向她要求过这一'妻性'。"萧军口中的"妻性"不知指的是"忠诚"还是"贞洁"。若说忠诚，萧红与萧军共处的六年，从来没有背叛过萧军，这点萧军自己也承认，反而是萧军自己一次次情感越轨，谈不上忠诚。若说贞洁，萧红在与萧军结合前，与汪恩甲有夫妻之实，但她与汪也算是有婚约在身，并非私相授受，萧军不也有原配妻子许氏，且很轻松地将一个很有妻性的女人打发回了老家，一守就是七八年。只许州官放火，不许百姓点灯，可见萧军传统的男权思想还是根深蒂固，他完全没有学到新文化民主的真谛。

临汾一别，萧红、端木一行，在山西运城短暂地停留了几日后，便随丁玲的西站团，乘火车到了西安。运城期间，萧红意外收到高原来自延安的一封信，邀她去延安，萧红也有前去的打算，后来也许因为形势或是其他原因，延安之行最终落空。

萧军离开临汾准备前往五台打游击，一路上徒步前行，翻山越岭，到乡宁，再到吉县，辗转到了延安，在陕甘宁边区政府招待所暂住，后因战事，道路阻挡，去五台的打算便放弃了，暂时留在延安，还得到毛主席的亲切接见。

若是萧红延安之行实现，二萧之间也许会有转机，毕竟此时的萧红已有身孕，多年的夫妻情分，加上这个迟来的孩子，或许真能挽救他们之间的情感。

可惜，不知是命运使然，还是萧红的自尊让她走上了一条不归路。

临汾的分离，萧红彻底死心，转而将一颗芳心投向了端木。

在西安，萧红、端木等住在梁府街的女子中学，她慢慢从萧军离开的伤痛中恢复了过来，与朋友们一起忙着排演他们在列车上商量创作的剧本《突击》，整个人的精神也有所好转。照片上的她总是满含微笑，精干的短发下，一双弯弯的眼睛显得神采奕奕。

萧红一直以来的抑郁和神经质，根源是她对自己和萧军未来的患得患失，一旦真正放下，整个人不再纠结与愁苦，反而轻松了，精神自然随之好转。

但这并不意味着她就不爱萧军，转而爱上了端木，她在与聂绀弩的一次聊天中，将自己的心声吐露了出来："我爱萧军，今天还爱，他是个优秀的小说家，也是思想上的同志，一同在患难中挣扎过来！可做他的妻子却太痛苦！我不知道你们男人为什么有那么大的脾气，为什么要拿自己的妻子做出气包，为什么要对自己的妻子不忠实！"

聂绀弩何其有幸，获得了二萧诚挚的信任，聆听了他们心底关于对方的心声，而这些秘语恐怕二萧自己也无缘听到。

这时，萧红与端木之间，虽然还未到倾心相许的地步，但彼此应该很有好感，而且心底都明白了对方的心意。与聂绀弩的这次谈话，萧红似乎找到了倾诉对象，她将与萧军这些年生活中的种种隔阂和伤痛，将自己深藏心底不能言说的怨愤不加掩饰地说了出来。

生活中这样的萧军，聂绀弩还是第一次听到，震惊之余，终于理解了二萧的临汾分别，不是一次简单的别离，而是两人私下约定的分手。他在感慨之余，也只能劝慰萧红忘记这一切，好好生活。

萧红还特意提到她与萧军游西湖回来买的那根小竹棍，直言端木索要，自己不想给，便谎称送给了聂绀弩，希望聂能帮他圆谎。

最终，萧红还是将那根小竹棍送给了端木。

聂绀弩准备与丁玲同往延安的前晚，他俩在饭店吃了顿饭，席间，聂绀弩热情邀请萧红同去延安，还告诉她，萧军可能也在延安，他以为听到这一消息，萧红应该会慨然同往，不料她只是静默地看他吃饭，一言不发。

临别时，她愧疚地告诉聂绀弩，她将那根小竹棍给了端木。萧红的话，让聂绀弩敏感地意识到萧红与端木之间已经超越了朋友的界限，这是一个极其危险的信号，他便试探地问："那小棍儿只是一根小棍儿，不象征别的什么吧？"

萧红违心地回道："你想到哪里去了？""早告诉过，我怎样讨厌谁！"一根不代表什么的小竹棍，她怎会几番叮咛聂绀弩，还煞有介事地编谎，可见，这根小竹棍正代表着萧红的情感倾向，她从萧军的人生中彻底退出，准备与端木开始一段新的历程。

知道朋友们对端木颇有微词，萧红便将他们之间的情感发展极力隐藏。

不久，她和端木联名给胡风去信，商谈《突击》在《七月》上发表的事宜，信中坦率地提到她和萧军、端木三人的事情："这一遭的北方的出行，在别人都是好的，在我就坏了。前些天萧军没有消息的时候，又加上我大概是有了孩子。那时候端木说，'不愿意丢掉的那一点，现在丢了；不愿意多的那一点，现在多了'。"

她有意将自己与萧军分手的事情透露给胡风，借胡风的朋友圈让整个文艺界知道这个信息，可见，萧红心意已决，不再留任何退路，她也不愿因孩子的关系，让两人有转机，便想着如何打掉腹中的孩子。

萧红在孩子一事上确实表现得很冷漠，完全缺失女人身上应有的那种母爱，这或许和她幼年丧母，没有得到过母亲的疼爱有关，但这样一种决绝的态度，确实令人有些心寒。

丁玲、聂绀弩的离去，萧红和端木在西安的接触更多了，他们一起散步、郊游，去碑林游玩，有时还在街边吃小吃，感情日益浓郁。萧红似乎又回到了多年前，与萧军一起散步，去海边划船的生活。

两人享受着西安平静的二人生活时，萧军意外来到了西安，三个人的战局一触即发。

1938年4月初，丁玲、聂绀弩回到了西安，随行人员喊道："主任回来了！"萧红、端木听到喊声，欣喜地出来迎接，看到二人身后的萧军，不禁愣住了。

这实在是太意外了，萧红以为萧军的临汾之别，是刻意躲避自己，终其一生可能都无缘相见了，因而，才彻底地放下那段撕心裂肺的感情，不料她心情刚刚平复，萧军竟突然出现在她面前，一时有些不知所措。

端木更是尴尬、愧疚不已，明知萧军不喜自己，还热情地上前拥抱萧军，进了屋子，更是在聂绀弩面前大献殷勤，希望他能帮忙劝架，他猜到冲动的萧军可能要动手。

萧军是在聂绀弩的极力怂恿下来到西安的，与萧红分开之后，几番辗转，他心里有些松动，想到两人往日的情分，又考虑到并未直接分手，还有回转的余地，便怀着重归于好的希望来了。

重逢没有等来萧红热切而欣喜的眼神，看到她冷静而生疏的神情，萧军心底一凉，他清醒地意识到那个深爱着自己的女人再也回不来了。

进屋后，萧军默默地清洗着自己满脸的尘土，心里思绪翻涌，他不知道这一趟西安之行是对是错，但眼前的形势确让他感到尴尬万分。

这时，萧红进来了，她平静地站在那里，微笑着说："三郎，我们永远分开罢！"那样的语气，似乎像和一位好久不见的朋友打招呼一般，不是商量，而是当众宣布，不给她和萧军任何的回旋余地。

屋里的众人一愣，谁也不会想到，萧红就这样当着大家的面，宣布了这样炸弹性的消息，屋里的气氛瞬间凝重起来，鸦雀无声，只有萧军那一声平静无波的"好"回荡在屋子的角落。

　　一场众人艳羡的爱情，一对患难相随的伉俪就在这两句平白、简单的对话中走向了终点。

甘与不甘的纠缠

> 人生激越之处，在于永不停息地向前，背负悲凉，仍有勇气迎接朝阳。

二萧的爱情开始时轰轰烈烈，曲折传奇，结束时，突然而仓促，令人始料不及。萧红遇上萧军时，她怀着别人的孩子；她离开萧军时，又怀着他的孩子投入到别人的怀抱。这一令人啼笑皆非的偶然，不知是命运的刁难，还是萧红自己酿下的苦酒。不论如何，生活还要继续，既然选择了开始，以萧红的倔强，即使满身伤痕，也要微笑着前行。

萧红当众宣布分手，萧军风平浪静地应允，并不意味着他们的关系就此结束。萧军大老远从延安回到西安，说明心底对他们的感情还是不舍的，再加上知道萧红怀孕的消息，自然不会轻易放手。

他需要和萧红两个人坐下来好好地谈一下，关于他们的感情，关于孩子，以及彼此的将来。

可萧红却不给他这样的机会，气头上的萧红，固执到失去了理性。萧军以索要信件的借口，跟着萧红走进房间，想和萧红单独谈一下。萧红进屋后，二话不说，将之前萧军写给她的信翻检出来，都还给他。萧军按着箱子，坐在萧红对面，诚挚地说："我有话说。"

"我不听，"萧红打定了主意，根本不给萧军开口的机会，"若是你要谈话，我就走。"

萧军还想再说些什么，萧红却逃也似地走出了屋子。

以前，萧红曾经无数次渴求过萧军能坐下来和她心平气和的谈一谈他们的感情，说一说彼此的心里话，那时，萧军不给萧红机会。现在，当萧军放低姿态，祈求能够说说心里话的时候，萧红却不给他机会了。这一行为怎么看都像是萧红对萧军的报复，否则，即使感情破裂了，爱情不再了，坐下来说几句话，又有什么可畏惧的呢！

只能说萧红还爱萧军，她怕只要萧军一开口，一服软，自己便将从前的不快都忘得干净，索性不要让他开口，杜绝一切的可能。

萧军要找端木的麻烦，萧红便像护雏的母鸡一般，对着萧军吼道："你若是还尊重我，那么也必须尊重端木，我只有这一句话，别的我们不要谈了。"

曾经在萧军面前懦弱的萧红，哪怕他出轨也不敢出一语指责，一旦无情起来，令一向强硬的萧军也很无可奈何。

1907年出生的萧军，已过而立之年，他与萧红一起生活了六年，一直没有孩子，现在他们终于有了名正言顺的爱情结晶，哪怕萧红再坚决，萧军也不能轻言放弃，这个孩子是他期盼已久的。

如果说萧红确实不爱萧军，那么以孩子之名，绑架爱情，实在不是一个明智的举措。可萧红仍然爱着萧军，她与聂绀弩的对话，她后来看到萧军与王淑芬的照片时的神情，她临终前思念萧军的话，她将《生死场》的版权给了萧军等一系列事件都明白无疑地揭示了一个事实，那就是萧红至死都爱着萧军。

那么，在这样的契机下，孩子就是爱情婚姻的重要砝码，王淑芬和萧军后来能够长相厮守，直到白头，不得不说孩子是一个很重要的原因。可惜，萧红无法理解孩子对一个家庭的重要性，便生生地错过了她和萧军重修于好的机会。

在西安，萧军一直表现得很理智、容忍，与他暴躁的脾气相比，很是难得，端木和萧红反而显得有些失礼，这让原本就不喜欢端木的朋友们，对他更是冷眼以待，甚至连称名道姓都不屑，仅用"D"或"T"来代称。

眼看复合无望的萧军，留在西安尴尬万分，便决定离开了。

1938年4月的某一天，他和塞克、王洛宾等一行五人坐上一辆货运汽车，离开古城前往新疆。

送行的朋友目送汽车远去的身影，消失在一片苍茫之中。车上的萧军孤零零地坐在一个角落，神情落寞，心绪纷飞。

这是二萧最后的分别，从此，他们走上各自的人生路，桥归桥，土归土，再不相见。

一段现代文学史上传奇般的爱情，就这般消散在大西北的荒凉土地上，令人为之哀婉、叹息。

不久，萧红和端木也离开西安，去往武汉。

不说萧红与萧军的分手是否旧情已了，单说萧红与端木之间的感情也未到火候，很多时候，两人出双入对，不过是借机报复萧军，一旦萧军从他们二人的视线中消失，感情根基不稳的二人，便陷入了新的矛盾。

萧红与萧军结合，两人能共苦却不能同甘，她忍受得了共苦时的艰难，却无力经营同甘时的幸福。端木则正好相反，只能同甘不能共苦，若是他们有幸遇着安稳平静的日子，倒也可能夫妻和睦。然而战乱的岁月不允许他们有片刻的安宁，辗转奔波，生死危难之际，端木软弱、自私的本性便暴露无遗。

他抛下怀孕六七个月的萧红，独自去了重庆，留萧红一人在战火纷飞的武汉艰难度日。萧红在香港病重住院时，又留她一人在冰冷的病房里痛苦、绝望的等待，可见，端木的确不是一个可以在艰难困苦之时依靠的良人。

端木也有自己的可贵自处，至少他是唯一给予萧红名分的男人，不论这名分萧红是否看重，端木能够冲破家族阻力，正式迎娶一个比自己大，怀着别人的孩子，长相也比并不出众的女人，也是难能可贵的。

1938年5月下旬，萧红与端木在汉口大同酒店举行了简单的婚礼仪式，参加婚礼的是端木的几位亲戚，文艺界的友人大概只有艾青等一两人而已。

尽管这场婚礼并未得到朋友们的祝福，萧红与端木还是满怀着对未来幸福生活的憧憬，度过了这样一甜蜜而美好的日子。萧红还将当年鲁迅夫妇送给自己的四颗南国红豆，转赠给端木，以示定情。

萧红去世后，端木几乎年年都会去萧红墓前祭拜，写诗悼念萧红，18年后才再次走入婚姻，和萧军与萧红分别短短相别一个月便与王德芬坠入爱河相比，端木对萧红并非无情。

只是他本性胆小怕事，也缺少担当责任的勇气，危难时刻，总想着自己逃之夭夭，种种行为，令朋友和世人不齿，才留下了污名。

1938年六七月，日军进攻武汉，武汉城危，萧红、端木再一次面临逃亡的处境，重庆是他们下一个迁徙地。

8月初，他们托人好不容易买到一张船票，两个人面对一张船票，有些犯难，不知他们具体的商量方案如何，结果是端木先行离开，让萧红暂时留守，等到合适的时机，与田汉等一同撤离。

后来，日军对武昌进行大轰炸，一个人住在小金龙巷的萧红，在枪炮隆隆声中感到无比恐慌和无助，况且她还拖着七个多月的身孕，走动起来极为不便。于是，轰炸后的第二日，萧红将行李打包整理好，提着一个小皮箱，叫辆人力车找到了蒋锡金所在的汉口三教街"中华全国文艺界抗敌协会"的临时据点。

听闻萧红要在此住下，蒋锡金感到有些诧异，得知端木一个人去了重庆，他更加不解地问："他怎么不带你走？"萧红反而无所谓地说："为什么我要他带？"

与萧军一起时，萧红时刻扮演者被安排、被跟随的角色，几乎没有什么自主性，同端木在一起，她终于可以彰显自己女性独立性的一面，她不喜欢再被作为端木的从属而提及。

蒋锡金等朋友考虑的是萧红的安危，她毕竟是一个弱女子，而且还是一个身怀六甲的女人，逃亡时，自然是要男人庇护着的。端木独自一人逃去重庆，留她一个孕妇在此，实在是匪夷所思，对他的人品更是无比藐视。

蒋锡金与孔罗荪同住一个小房间，萧红非要住在此处，最后只能任凭她在楼道口的地板上打了个地铺。

更糟糕的是，萧红此时囊中空空，她对眼前的处境也抱着消极的态度，过一日算一日，就是高原来探望她，留给她的五元钱，也被她大方地请众人吃了冷饮，剩下的钱索性当小费送了。

蒋锡金对她这种不顾后果的任性提出不满，萧红则听天由命地回他："人到了这步田地，发愁也没有用，反正不能靠那两元多钱过活！"

这条路是她自己选择的，背弃了爱人和朋友，决绝地上路，然后发现走错了，又能怎么办呢，人生是没有回头路的，不如索性走吧，错就错到底。

战争中四处漂泊

为了博得他人的称许与微笑，我战战兢兢地将自己套入所有的模式所有的桎梏。走到途中才忽然发现，我只剩下一副模糊的面目，和一条不能回头的路。

——席慕蓉

战时的武汉，随时会遭遇到轰炸，躲避轰炸时的踩踏，这样危险的处境，对萧红极为不利，蒋锡金等想办法要送走萧红。

好不容易买到船票，适逢冯乃超的妻子李声韵也要离开武汉去重庆，两人便相伴而行，一路上李可以照顾萧红，毕竟她怀着八个多月的身孕，诸事不太方便。

天有不测风云，原本负责照顾萧红的李声韵在宜昌换船时却病倒了，不断咯血，很是危急。萧红一时茫然无措，好在得到同船《武汉日报》副刊编辑段公爽相助，将李声韵送去了医院。

陌生的码头，萧红拖着沉重的身躯艰难地前行，黑暗中，不小心踩到纵横交错的缆绳，她摔倒了。肚子传来一丝痛楚，她并没有太过紧张或担心，心里反而希望孩子能摔出来，这样她就解脱了。

这个孩子来得太不是时候了，在她和萧军结束痛苦情感时悄然来到，又逢着战乱逃亡，再加上她与端木已经结婚，孩子无疑成了一个巨大的包袱。

萧红原本是要打掉孩子的，可惜一时找不到合适的医生，拖过了合适的时间，便只能生下来了。

她试着要爬起来，却发现浑身绵软的，没有丝毫的力气，挣扎了几次，都无济于事，索性不动了，疲倦地躺在黎明潮湿的土地上，悠闲地欣赏起天空的星星。

湛蓝的天幕上，点缀着一颗颗闪闪的星星，恍然将萧红带回到依偎在祖父怀里的时光，那时她无忧无虑，还是张家的大小姐，呼兰河的水澄澈清明，她光着脚丫踩在河底的细沙上。

那时萧红不足十岁，如今她已近而立之年，二十年的时光，将她从自由烂漫的少女磨砺成一个尝尽辛酸苦楚的少妇，经历了三段不如意的情感生活，她的心伤痕累累。

那种放任自流的心思又一次主导了她的思绪，她想即使就这样默默地死了，世界也不会因为少她一人而有什么变化，不如闭上眼，好好地享受这片刻的宁静。

转念想到自己还没有实现的心愿，没有完成的作品，萧红心里又不甘起来，好在她幸运地遇到了一个赶船人，将她扶起，还安排她搭上了去往重庆的船只。

这一次惊险的旅程，萧红应该是心痛而冰凉的吧！她在香港的病榻前能细腻而伤感地描绘出自己一个人躺在码头地板上那种深切的感受，想来这记忆该是深入骨髓了。

九月中旬，当她终于安全到达重庆港口，见着朋友张梅林，哀怨地说出这么一段话："我总是一个人走路，以前在东北，到了上海去日本，现在到重庆，都是我自己一个人走路……"

萧军不是良人，端木不是良人，萧红悲哀地意识到自己好像命定要一个人行走。

　　让她更加失望的是端木对自己的态度，已先行入渝一个半月的端木，竟然还没有安排好住处，他似乎并没有为萧红的到来做任何的准备，仓促之际，只能将她暂时安置在同学范世荣的住处，托其家属代为照顾。

　　及至分娩前，萧红又一个人坐船到江津罗烽、白朗家待产，忙碌的端木连相送的时间都抽不出来，这与萧军当年跑前跑后，亲力亲为的照顾相比起来，实在天差地别。

　　在白朗家停留的一个多月时光，萧红依然没有放下手头的笔杆，闲暇时便开始写纪念鲁迅先生的文章或者继续创作《呼兰河传》等。

　　只有投入创作的时候，萧红才能真正安静下来，大多时候，她的情绪是烦躁不安的，有时为了一点小事就冲白朗发脾气，甚至对白朗的婆婆也不客气。

　　白朗是萧红多年的朋友，原是无话不谈的，可这次相见，白朗眼中的萧红变化太大了，与她之间好像生疏了很多，宁愿将自己整日关在屋子里，也不愿与昔日的密友说几句真心话。

　　怀孕的女人缺乏安全感，需要爱人的陪伴和呵护，而萧红的爱人端木，却如隐形人一般，毫无踪迹，萧红心里发苦，又无法向朋友诉说。当年几乎所有的朋友都反对她与端木的结合，她却偏执地认为那是他们以男权中心在压制自己，凭什么对自己的未来指手画脚，如今，一语成谶，她自尊的性格又不容自己承认错误，便只能将这股无名之火压在心里，压得她像随时要爆炸一般。

　　白朗在后来写给萧红的祭文《遥祭》中真实地还原了萧红当时的心境，她还提到临别前，萧红凄然地对她说："我愿你永远幸福。"及至谈到自己，她苦笑着说："我会幸福吗？莉，未来的远景已经摆在了我的面前，我将孤寂忧郁终生。"

　　萧红已经认清了端木的本性，看到了自己的未来，这是比与萧军一起生活时更深的悲凉，她不想再挣扎，不想再做一次别人的笑柄，爱情于她，似乎是一个永远的奢望。

于是，她自甘堕落地说："贫穷的生活我厌倦了，我将尽量去追求享乐。"萧红不是一个单纯享乐的人，她与萧军在上海，稿费不菲时，依然坚持吃便宜的饭菜，不愿请女佣料理家务，那时，是为了爱情，牺牲自我。

现在，她倦了，受伤之后，失去了生活的目标和坚持的勇气，不如放纵一把，将以前贫穷时不能的、不舍的、不愿的都一一享受了罢。

萧红的孩子也是她短暂一生的谜，第一个被送人，不知身在何处；第二个产下时健康活泼，却在三天后不幸夭折，其中的缘由，除了萧红本人，无人知悉。

这个孩子最终可能因为某种原因不幸夭折了，而萧红冷漠的态度，没有丝毫悲伤的情绪，很容易给人一种误解，猜想这是一场人为的死亡。

没有了孩子的负累，萧红开始了全新的生活。

产后的萧红与端木暂住歌乐山，那里风景宜人，环境清幽，适宜养病。端木依然在复旦大学做兼职教师，编辑《文摘》副刊。战时的复旦大学由上海搬迁到北碚的黄桷树镇，端木便受聘做了兼职教授，并负责编写报刊。

这期间萧红受日本友人池田幸子的邀请，在米花街小胡同同住了几日，一起的还有绿川英子，三个女人在一起度过了温馨而美好的几日时光，这时绿川眼中的萧红神采奕奕，穿着她自己缝制的黑丝绒旗袍，显得光彩艳丽。

在1939年1月再次见到胡风夫妇时，萧红给梅志的印象也是手执梅花，身穿黑丝绒旗袍，优雅高贵，光芒四射，可见，此时的萧红精神状态良好。

胡风一家搬到重庆后，萧红和端木便时常去他们家拜访，若是萧红独去，他们便聊得比较投机，而与端木一起，则显得无话可说。萧红深切地感受到，自她和端木走到一起后，朋友便自觉地将他俩隔离了。

一日，萧红独自来胡风家探访，山城的路大多是爬坡，胡风家又在山上，屋子是三层的阁楼，等进了房间，在藤椅上坐下时，已是气喘吁吁。

胡风不在，梅志招呼她，正好他们刚收到萧军从兰州寄来的信，便热心地拿给萧红看。信封中夹着一张照片，萧军和王淑芬坐在黄河边的一处石头上，身边还有一条狗，信的反面写着："这是我们从兰州临行前一天在黄河边'圣地'上照的。那只狗也是我们的朋友……"萧红看来信，又拿着照片默默地看着，一声不吭，脸上的红潮退去，显出一片死灰。

梅志没有料到萧红对萧军余情未了，从她石雕一般的神情可以看出，这张照片对她的打击很大。

她茫然地起身，丢下一句"那我走了，同胡风说我来过了"，便逃也似地走了。自此再也没有去过胡风的住处。

萧军离开西安后，本打算去新疆，中途因时局变换，留在了兰州，住在王家，与年轻的18岁姑娘王淑芬很快坠入爱河，不久两人喜结连理，登报结婚。

萧红似乎没有料到萧军如此快便移情别恋，或者她知道，但现实如此残酷的摆在她面前时，她还是无法接受，那个她一直深爱着的男人，已经成了别人的伴侣，而且还过得幸福满足，这对萧红来说无疑是极大的讽刺。

她心心念念六年，苦苦守候而不得的，别人转身之际便拥入怀抱，这对她不是嘲讽又是什么，再想到此刻她守着的无望的婚姻，心底的哀痛更是无以言表，只能独自舔舐心碎的伤口。

香港——孤独的守望

我将与蓝天碧水永处，留下那半部《红楼》给人写了。一生
尽遭白眼，身先死，不甘！

——萧红

萧红和端木住在歌乐山，端木负责编辑的《文摘》旬刊地点在沙坪坝，一江之隔。复旦大学则在北碚对岸的黄桷树镇，离歌乐山更远。他每日在相隔很远的三隔地方奔走，再加上坐轮渡，汽车等的安全问题，最终两人决定搬迁。

1939年5月前后，萧红和端木搬进了复旦大学农场旁的两间平房里，不久，搬进了教授楼，离开重庆市区，与往日的朋友也有了距离，萧红开始了蜗居的生活。

端木是一个典型的公子哥，两手不沾油盐水，家里的一切家务都是萧红独自打理，买菜做饭，有时还要负责帮端木抄写稿子，闲暇之时，还忙着创作。

这时萧红发现自己时常干咳，而且咳得很厉害，有时感觉身体里的器官都要被咳出来了，她意识到自己染了肺结核，本打算去北平静心疗养，一来二去的耽搁，便不了了之。

在北碚，萧红和端木似乎处于封闭式的生活，几乎很少出门，也没有朋友来访，连窗户都是用纸糊得严严实实。

朋友远远地看见的萧红，不是同保姆买菜付账，就是低着头一言不发地跟在端木身后，像两个不相干的人一般，或者据同在复旦担任教授，住在他们楼上的靳以回忆的，为端木与女佣的争吵善后。

萧红此时已是身心俱疲，需要安静的休养，可她似乎总也停不下来，她一贯的自我牺牲的精神，让她不得不担负起沉重的一切，为了不耽误创作回忆鲁迅先生的系列文章，有时她口述，由其他人记录，然后再整理出来。

到12月时，日军对远离主城区的北碚也不放过，白天不时有飞机的轰鸣声在耳边响起，投下的炸弹让整齐的房舍瞬间烟尘翻滚，被炸死、炸伤的身躯更是令人触目惊心。

萧红和端木对这样提心吊胆，朝不保夕的生活感到恐惧，他们决定离开重庆，找一处能躲开战争炮火的地方，安静地写作。

他们在桂林和香港两地间犹豫不决，桂林有不少文艺界的朋友可以投靠，但又顾虑到桂林可能会像武汉、重庆一般难以久居，最终决定还是去香港。

1940年1月17日，萧红和端木想办法弄到两张机票，仓促之间都没有来得及和靳以等朋友打招呼，便悄然离开了，这在后来的朋友眼中，无疑是潜逃香港，况且端木的机票还是通过国民党高层的关系弄到的。

端木和萧红在战时离开大陆，逃亡香港，在文艺圈无疑引起了极大的轰动，两人一直属于进步的左翼文学阵营，在国家危难之际，为一己之私弃国家于不顾，逃之夭夭，这种行为实难不为人诟病。

种种不友好的传言在朋友间流传，这让一向重视友情的萧红分外受伤，尤其是胡风等亲密好友的误解，她在写给白朗的信中也表达了她在香港的不快。

山清水秀，鸟语花香的南国都市，湿热的气候，对萧红的肺病似乎更为不利，端木的风湿也有要加重的迹象。

萧红和端木初来香港，便受到香港文化界的热烈欢迎，两人先后多次参加了香港文协的座谈话，还受邀筹备鲁迅纪念会，认识了不少新的朋友，戴望舒、华岗、周琼文、柳亚子以及陪萧红走完最后岁月的年轻作家骆宾基。

香港的两年，是萧红文学创作最辉煌，也是她生活最凄苦的时光，病痛，让她忍受非人的折磨；战争，让她忧惧惶恐；四处辗转，让她疲惫不堪。

在这样艰难的环境下，她竟然出色地完成了中国现代文学史上声名赫赫的长篇小说《呼兰河传》，还有《马伯乐》（第一部）《小城三月》等力作，真是令世人震惊。

也许，萧红预感到自己命不久矣，要拼尽全力与死神赛跑，即使身死，也要留给世人最美的华章。

1941年7月，在她完成三部经典之作后，病情加重，咳嗽加剧，不得已再次住进玛丽医院。此前，三四月时，她在美国作家史沫特莱的帮助下，在玛丽医院住过一段时间。

萧红被确诊为肺结核。玛丽医院给出的医治方案是打空气针，让注入肺部的空气将钙化的结核吹开，然后就是静养。医院昂贵的费用，以及靠呼吸新鲜空气、卧病休养来保守治疗的方式，让萧红在医院无法安静地待下去，她忍受不了医院令人窒息般的环境和无边的寂寞，便吵扰着要回家，最终于11月初时回到了他们位于九龙尖沙咀乐道8号的家。

在此期间，她还写下了《给流亡异地的东北同胞书》《九一八致弟弟书》等义正词严、慷慨激昂的战斗檄文。

回家休养后，茅盾、周琼文、柳亚子等好友时常去探望她，尤其得到周琼文的时常资助，转战到香港的胡风，也偶尔去探望她。也是在这时，她认识了初来香港，希望萧红夫妇能帮忙介绍工作的骆宾基，并让端木将他安置在周琼文的《时代批评》出版社。

一日，与胡风聊天时，回想到以前大家相处时的快乐，萧红的兴致颇高，她对胡风说："我们办一个大型杂志吧？把老朋友都找来写稿子，把萧军也找来。"转念又想到自己的病，此刻的处境，不无哀伤地说："如果萧军知道我病着，我去信要他来，只要他能来，他一定回来看我，帮助我的。"这话是当着端木的面说的，可见萧红心里对萧军是念念不忘的。

她不知道此刻身在延安的萧军，已有了一双儿女，每天忙着照顾怀孕的妻子，刷洗孩子的尿布，准备一日三餐，即便知道她病了，又怎么可能会前来。

1941年12月8日，噩梦一般的日子，身处香港的人们刚从一夜的沉睡中苏醒，准备投入到新的一天的忙碌中去。忽然空中响起一声紧似一声的鸣笛，那是危险警报。

日军在偷袭珍珠港成功的第二日，对九龙发动了强烈的攻势。正式拉开了太平洋战争的序幕，自此，自以为安全的香港成了日军炮火袭击的对象，不过短短的四日，九龙就被日军占领。

身在战争中心，面对日军炮火的猛烈攻击，病重的萧红惶恐而无助。日军袭击九龙当晚，端木和骆宾基用临时担架将萧红运送到香港，安排住进思豪酒店的包间。

住进思豪酒店后，端木让骆宾基留守照看萧红，自己则离开了。不断响起的炮火声，让躺在病床上的萧红陷入了无边的恐惧，她怕生命随时会被炸弹夺走，也怕在这兵荒马乱的时候一个人孤零零地被抛弃。

端木走了，留下一个并不熟悉的年轻人照顾自己，尽管如此，她还是时刻担心这个年轻人随时可能会离去，丢下自己一个人。

中间端木或许回来过，很快又离开了，有八九日的时间，只留萧红和骆宾基在房间里，据骆宾基的回忆，萧红有次跟他说，端木准备转走了，再也不回来了，后来不知什么缘故，又没有走，据周琼文的说法，是因为萧红的病越来越重。

萧红和骆宾基独处的每一日，她在病榻前用低喘的声调向骆宾基讲述了自己过往的经历，那些喜怒哀乐的故事，悲欢离合的传奇。

经历了生死挣扎的苦痛，萧红特别想家，想念呼兰河的土地，她深情地对骆宾基说："我早就该与端木分开了，但那时我还不想家，现在，我已然惨败，丢盔弃甲，我要与我的父亲和解。"

萧红在构思《呼兰河传》时，就已经想家了，她只是太过于固执，不愿承认自己的错误，即使硬着头皮也要挺过去。现在，等她意识到时，一切都已经晚了。

端木，思豪酒店，最关键时刻的逃离，让他危难时抛弃妻子的形象深深植入文艺界朋友的心中，毕生无法翻转。

19日，端木终于回来了，萧红在辗转了几个地方之后，终于在斯丹利市街时代书店的书库了得以暂时停留。

1941年的平安夜，香港在炮火声中度过，圣诞节当天下午，港督竖起白旗投降，战火结束了。

1932年哈尔滨覆亡时，她怀着身孕被拘禁在东兴顺旅馆潮湿的储物间，见证了一座城的陷落，时过九年，她病重躺在香港书店的书库里，再一次见证了一座城的陷落。她没有张爱玲那般浪漫的想象，两次城陷，于她是沉痛的记忆，永远幻化不出美丽的爱情。

战乱的逃亡，加重了萧红的病情，不久，她被送进养和医院。医生的误诊，让萧红的喉管被割开，身体虚弱，说话艰难，只能又转到玛丽医院。可惜不久玛丽医院被日军接管，萧红又被转到一家法国医院，不久，又被送到一个教会女校设立的临时救助站。

在那里，萧红走完了人生的最后时光，于1942年1月22日上午11时去世，时年31岁。

她在弥留之际仍念念不忘的萧军，在她离世后，与爱人王淑芬一起经历了五十年的风风雨雨，抚育了八个子女，最终于1988年6月22日离世。

端木蕻良则在18年后，与钟耀群结为夫妇，于1996年10月5日去世。

萧红一生，在文学方面是成功的、辉煌的；爱情婚姻方面，却令人扼腕。她短短的一生，经历了自由随性的童年，遇到了轰轰烈烈的爱情，体验了贫寒时的不离不弃，享受了成功时的风光荣耀，尝到了背叛时的痛苦煎熬，有过一场婚姻，失了两个孩子，经历了无数的辗转，见证了两座城市的倾覆，留下了两部影响深远的经典作品。虽然短暂，却极尽丰富，华彩万丈。

呼兰河畔，有女如莹，三生石上，二萧齐名，彼岸花前，缘浅缘深，呜呼哀哉！绿水青山，长歌当哭。